读客文化

the sun and her flowers

在爱的废墟上

[加拿大] 露比·考尔 著
程婧波 译

rupi kaur

上海文艺出版社

献给生我养我的父母
卡玛吉特 · 考尔与苏切特 · 辛格
是你们造就了我
愿你们看到我们
会觉得一切牺牲都值得

献给我无与伦比的手足
帕拉迪普 · 考尔
基兰迪普 · 考尔
萨赫布 · 辛格
我们在诗集里融为一体

是你们定义了爱

…目 录…

蜜蜂来采蜜
花儿害羞了
她们笑自己
还没打扮好
太阳也笑了

——重生

枯萎

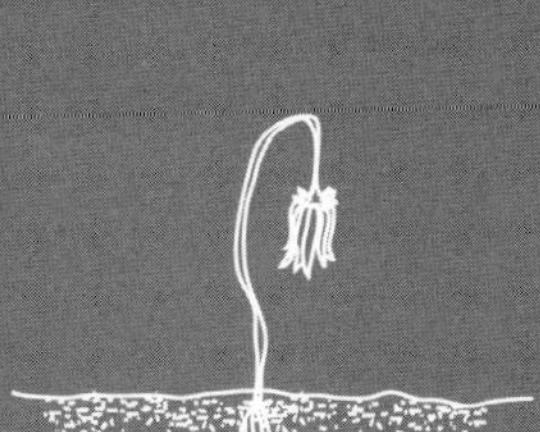

爱意消散那一天
我的心在身体里裂开

整夜整夜
我呢喃着咒语，想唤你回我身边

你送的花
在瓶中枯萎
我将之取出
一朵
又一朵
掐下花苞
咽进腹中

我在每条门缝下塞上毛巾
“走开，”我对空气说
“我讨厌你。”
我拉上每个房间的窗帘
“走开，”我对阳光说
“没人会进来了。”
“也没人再出去。”

☼ 墓地

你走了
我的爱还在
至少我还值得
什么人留下来

一连几天，我虚弱地躺在床上
我想哭着要你回来
但直到眼泪已经流干
你还是没有出现
我掐着肚子，直到它流血
我不知道日子过到了哪天
日升变成月落
月落变成日升
而我变成了幽灵
每分每秒
我都在被无数种想法撕裂
你一定已经走远
我却多么希望你还未离开
我很好　　　才不
我愤怒　　　是的
我恨你　　　也许
我无法释怀　会的
我原谅你了
我想扯下自己的头发
一遍一遍，又一遍
直到精疲力竭，心如止水

昨天那场大雨
流过你的身体
宛若我的双手
曾经抚摸过你
我撕裂了天空
为了它的默许

☼ 嫉妒

为了入睡
我须在想象中勾勒你的身体
从背后揽我入怀
我们躬身依偎
如两柄勺子
直到你的气息在耳边响起
我须轻呼你的名字
直到你予以回应
我们彼此交谈
只在此刻
我才能沉沉睡去

☼ 假装

我心碎
并不为那些被我们丢下的
而是为那些我们原本可以
却未曾着手建造的

我仍看见
我们的安全帽还挂在原地
电缆塔无措地守望着
推土机翘首祈盼着我们归来
木板在箱子里挺得笔直
渴望着被钉起来
然而我们谁也没有回去
及时告诉它们
一切都结束了
砖块在等待中渐生了倦意
起重机在哀伤中垂下了脖子
铁锹亦会锈迹斑斑
当你我分道扬镳，与他人共筑新巢
你觉得
这里还会有花朵绽放吗

在我们的废墟之上

我为清晨的第一秒而活
迷迷糊糊、惺惺忪忪
我听见蜂鸟在屋外
与花儿调情
我听见花儿在娇笑
蜜蜂生了醋意
我转身想要叫醒你
痛楚
恸哭
无法呼吸
瞬间卷土重来
因为我这才意识到
你已离我而去

☼ 你走后的第一个清晨

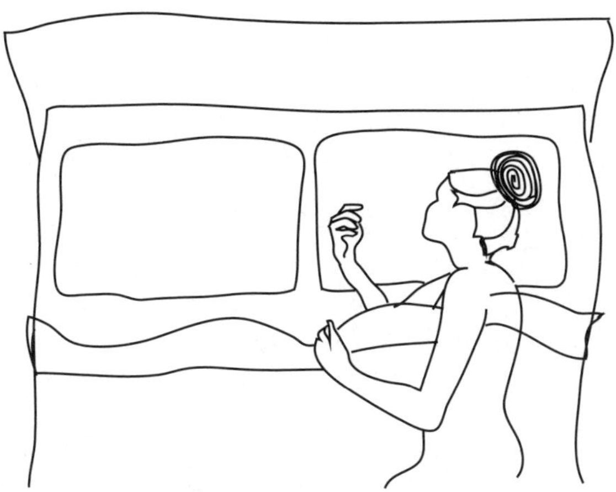

蜂鸟告诉我
你换了发型
我对它们说
我才不会在意
却又一边听它们将每一个细节
说起

渴求

我羡慕
还能与你不期而遇的风 ☼

我可以成为
这世间的任何事物
可我只想成为他的 ☼

我无数次想逃离
却总在离开之后
无法呼吸
无路可去
也许这就是我任你
百般折磨的原因
聊
胜于无
就算已经不再有爱意
你的抚摸总好过你的置之不理
我可以承受疏离
却无法容忍缺席
我知道
一切都只是一厢情愿而已
可这又有什么关系
就算爱情已经死去
至少我曾经拥有过

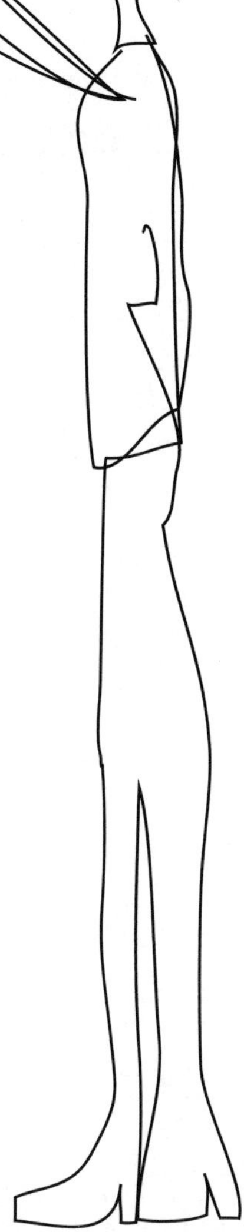

☼ 上瘾

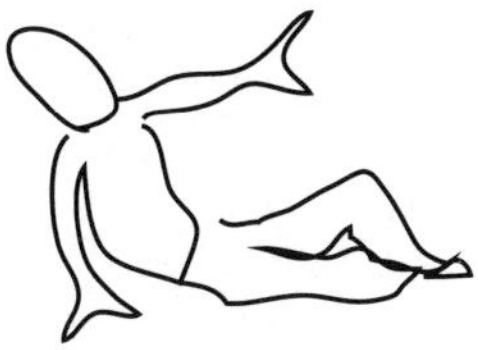

你闯入女人的生活
如同把脚塞进鞋子一样轻易 ☼

爱你，如同呼吸
只是这气息在填满我的肺之前
便已经消失殆尽

☼ 当一切都太快

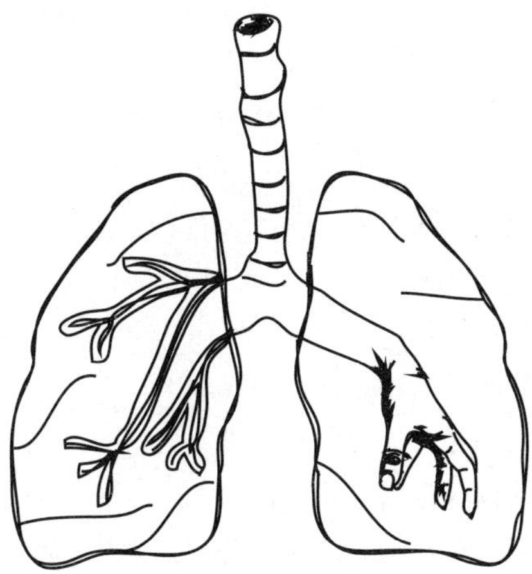

分手一周后，治疗师问我
“爱是什么模样？”
我一时语塞
唯有承认
在我眼里
爱的模样，像极了你

这一刻我幡然醒悟
自己曾经何其天真
将如此美妙之物等同于肉身凡胎的你
我曾以为这世上所有爱的面孔都是你
也曾以为这世上七十亿人都悸动着的情感
就是一米八身高、中等身材、棕色皮肤
爱在早餐时吃冷冻比萨的你

“爱是什么模样？”
治疗师再度发问
将我思绪打断
我多想站起来，走出门去
可我已为这一小时付出不菲
于是我深深地看了她一眼
如同当人们对他人缴械投降时的那种眼神
紧咬嘴唇，准备谈话
眼睛注视着对方的眼睛
寻找着一切破绽

它们藏在某处
我将发丝夹到耳后
如同人们不得不为一场
关于“爱的模样”的哲学性
或者不如说是令人失望的本质
的谈话做好十足的准备

“嗯。”我对她说
“我不再认为爱是他的模样了。”
如果真是那样
他就会在这儿了，不是吗
如果他是我的真命天子
难道他不该正坐在我对面吗
如果爱是他的模样，一切都会显而易见
“我不再认为爱是他的模样了。”
我又说了一遍
我猜爱情从来就不是那样
我想我只是曾有一种欲望
准备好了将自己献身于某种更伟大的东西
当我看到某个人出现
不早，不晚，刚刚好
我便一厢情愿地认定
就是他了

于是我在他面前沦陷

他索取，再索取
用一句“你很特别”让我晕头转向
直到我确信他的眼睛只会看到我
双手只会抚摸我
身体只会陪伴我
直到最后，他掏空了我

“你感觉如何？”
治疗师打断了我
“哦。”我说
“我感觉糟透了。”

也许我们都误会了爱
我们觉得爱是一种外在的求索
走出电梯间时迎面而来的一次碰撞
在咖啡馆时悄无声息的一次邂逅
书店走道尽头的一次偶遇
那人性感又聪明得恰到好处
但我觉得爱应该是从“这里”开始
其他的一切都只是我们需求与幻想的
欲望和投射
若非我们转向内在
学习如何为了爱他人而爱自己
这些外在的求索都毫无意义

爱并非是某个人的模样
爱是我们的行动
爱是毫无保留的付出
哪怕只是让出一块更大的蛋糕
爱是明知我们有着伤害彼此的力气
却仍竭尽所能去避免
爱是发掘出所有我们值得被爱的优点
也能立刻远离那种嘴里说着会如何待你
行为却是对你的伤害多过让你成长的人
爱是能够挑中对的那个人

爱的模样

你怎能
在我的心上进进出出
像出入一扇旋转门
我的内在
闪耀着那么多的奇迹
可不是为了供你随意把玩

☼ 我不是你的玩物

你离开了我

也带走了我的太阳 ☼

你走后很长一段时间
我仍死心塌地
不曾抬眼
与他人有过眼神接触
哪怕看一眼也像是背叛
怕当你回来问起我这双手
有过怎样的因缘
我难找借口搪塞

☼ 忠诚

当你把刀刺进我的身体
你也会开始流血
我的伤口变成了你的
你还不明白吗
爱是一把双刃剑
你终究会吞下
酿给我的苦果

我想我的身体已然知晓你会离我而去

我渴望
得到你
而你却渴望
得到别人
我拒绝
渴望我的人
因为我渴望的
另有其人

☼ 人间种种

我不知道对你来说我够美吗
甚至不知道我到底美不美
见你之前我换了五次衣服
挑选着脱下时能更显得身材窈窕的
那条牛仔裤
告诉我
我要做点什么才能让你觉得
“她真是迷人至极
她让我浑身酥软”
写下来吧
然后寄去我心里所有不安的地方
只有当你亲口告诉我 我很美
只有当你亲口告诉我 我很好
只有当你亲口说出来 我才会深信不疑

你无处不在
却不在我身边
这让我痛不欲生

给我一张照片
让我看看那个女人的脸
她让你忘了家里有人在等待
是从哪一天开始的
你又以什么借口敷衍
我曾感谢上苍
将你带到我身边
当我求神许你想要的一切之时
你是不是正和她恩爱缠绵
当你从她身上爬起来之时
是不是找到了没能从我身上找到的东西

告诉我
她到底哪里吸引你
我可以开始练习

你不在
我就好像丢了条臂膀 ☼

有一长串问题
我想问却问不出口
有一长串问题
盘旋萦绕在我心头
每当我独自一人
脑中不由自主地描摹着你
便有一长串问题想对你说
如果你在世界某处能够听见
我会这么问问你

你觉得
分手之后，爱会怎样
当相爱的人离它而去
爱在消逝之前会有多么心碎
它会消逝吗
或者它仍旧存在于某个角落
等着我们回去
当我们对彼此说着“毫无保留”的谎言
然后离开
谁受的伤更重一点
我碎裂成千千万万个碎片
碎片又碎裂成千千万

化为尘土
直到我
销声匿迹

告诉我，亲爱的
悲伤对你来说是什么感觉
哀痛对你来说又有多难受
当清楚我不再站在那儿回头看你
每一次眨眼之后
你是怎么再睁开眼睛的

活在后悔中的滋味一定不好受
你胃里的某个地方
是不是总会隐隐作痛
相信我
我也一样
我们究竟是怎么走到了这一步
我们是怎么挺住了
又是怎么没被击垮的

你花了多久
才不再想我

又或者，你仍然想着我
因为如果你会想我
也许我也会想你
想着
想我的你
和我在一起的你
在我身体里的你
在我身边的你
无处不在的
你和我和我们

你还会想我吗
你还会想象着我赤裸裸、瘦小小的身子
趴在你的怀里吗
你还会想象着我脊柱的形状
回想起它没入我完美的臀部的样子
曾多么让你痴迷
以至于想把它从我身体里抽离

宝贝
蜜糖宝贝
甜心宝贝

我们分手后
你曾多少次装作是我的手在抚摸你
你曾多少次在脑海中想着我的样子
最终却只是哭了出来
你可别嘴硬
你撒谎时的口气里总会带一点傲慢
我听得明白

你还在生我的气吗
你还好吗
如果不好，请一定告诉我
如果我们再次见面
你会像你说过的那样
伸出双手拥抱我吗
上一次聊过之后
你说我们下次见面应该拥抱
或者你觉得我们还是
看着彼此就好
就那样擦肩而过
让耳鬓厮磨留在念想里
因为我们也许各自有了
新的伴侣

我们在一起的时候很好
不是吗
我问你这些问题
会不会很蠢
告诉我吧，亲爱的
告诉我你也在
寻觅着这些问题的答案

问题

你打给我说，想我了
我连忙看向前门
那儿空无一人
过了几天，你又打来说你需要我
却还是没有现身
草坪上的蒲公英
失望地翻了个白眼
青草也证明了你只是说说而已
如果你爱我
想我
需要我
却什么也不做
那我又有什么好在意的呢
如果我当不了你一生挚爱
那就当你的一大损失好了

亲爱的
我们该何去何从
当分手已成定局
我站在我们之间
我该跑向谁那一边
我身体里的每一根神经都为你跳动
我一想到你会揽我入怀就口舌生津
我做不到转身
选自己那一边

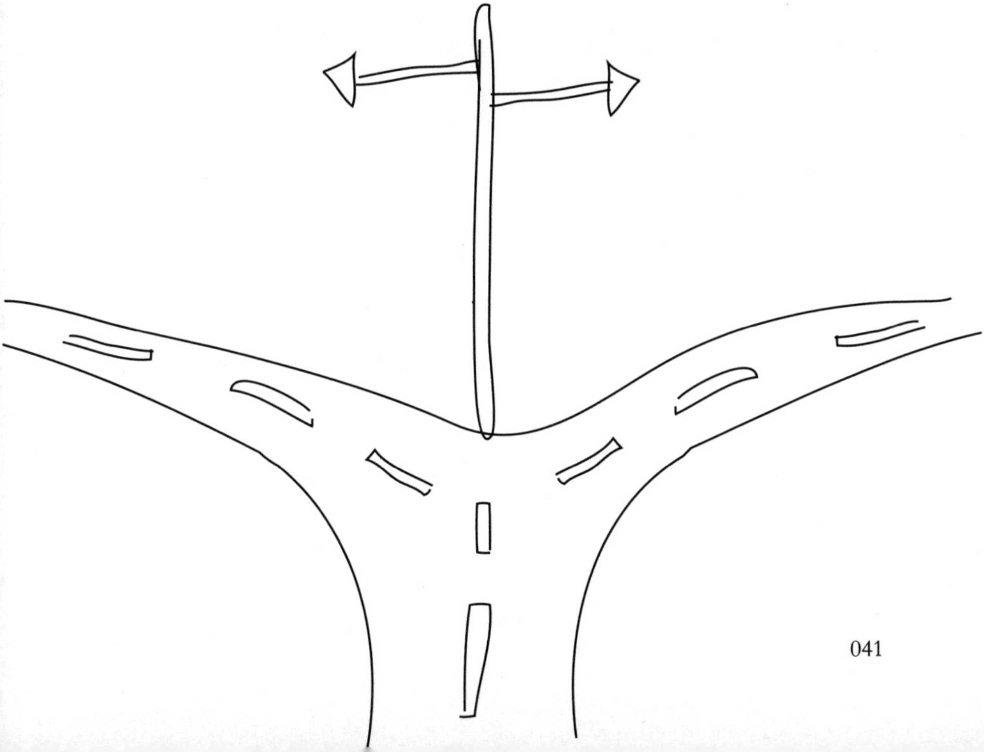

日子一天天过去
我渐渐明白
心里放不下的种种
其实一开始就不存在

☼ 一场海市蜃楼的恋爱

它们走了
假装从未发生过
它们回来了
假装从未离开过

☼ 鬼魂

我曾试图寻找
但最后一次谈话的尾声里
没有答案

☼ 了结

你问
我们还能做朋友吗
我解释说一只蜜蜂
不会梦想着亲吻
一朵花儿的花心
却驻足在叶子上

☼ 宁缺

为什么总是
当故事结束
我们才开始有了感悟 ☼

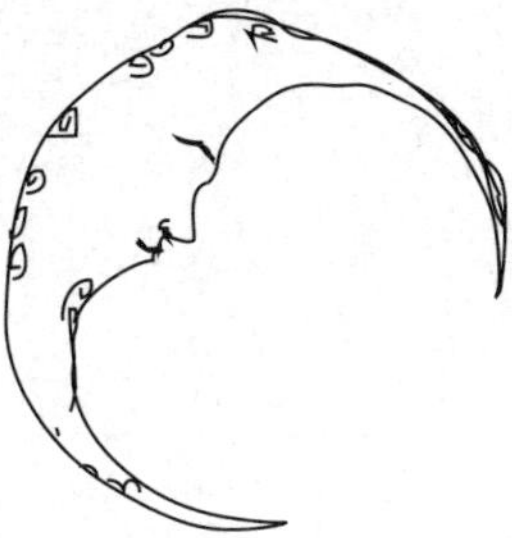

“升——”
月亮说
新的一天便来了
“戏还得演下去。”太阳说
生活不为任何人停留
不管你想不想
它都拽着你的腿往前去
这是一件礼物
生活会让你忘了你曾如何渴求
而皮肤会脱落 直到
你身上不剩一寸曾被爱抚过的肌肤
你的眼睛终究变成你的眼睛
而非眼里只有他们
你终会找回最初的自我
加油
勇往直前、坚持到底

时间

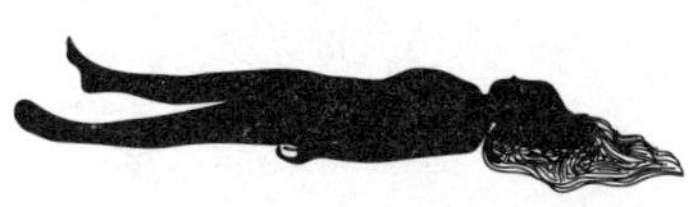

坠落

我留意着自己不具备的种种
觉得那都是极美的

那次打击之后，我变得冷酷了。它让我少了一点人情味。我曾那么感性，粉身碎骨在所不辞。而现在，柔软的部分消失了。我当然在乎身边的人。我只是很难表现出来。我的心墙已经筑起。我曾想要变得坚强，没有谁可以伤害我分毫。如今，我的确变得坚强，不再怕受到伤害。而我却唯愿能再柔软些。

冷酷

昨天
我醒来时
太阳落到了地上，一溜烟滚跑了
花儿斩下了自己的首级
世上只剩我还活着
而我却感觉不到一丝生机

☼ 抑郁是住在我身体里的一道阴影

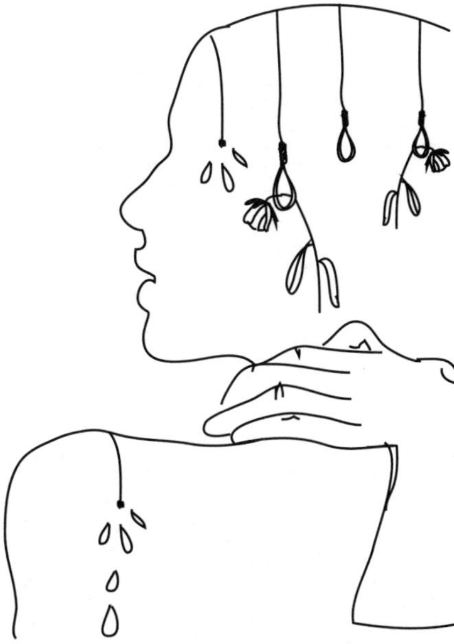

“你为什么对我这么不好？”
我的身体呐喊着

“谁让你不像她们。”
我对她说

等待一个
不会回来的人
就如同
将生活寄望于
别人幡然醒悟
他们没有你就不能活

现实并非如此

很多时候
我们生别人的气
仅仅是因为他们没有做
我们原本该为自己做的事情

☼ 责任

为何
你在我的两腿间
留了一扇敞开的门
是因为你的懒惰
还是你压根就忘了
又或者你故意要让我
成为你未完成的作品

☼ 与上帝谈心

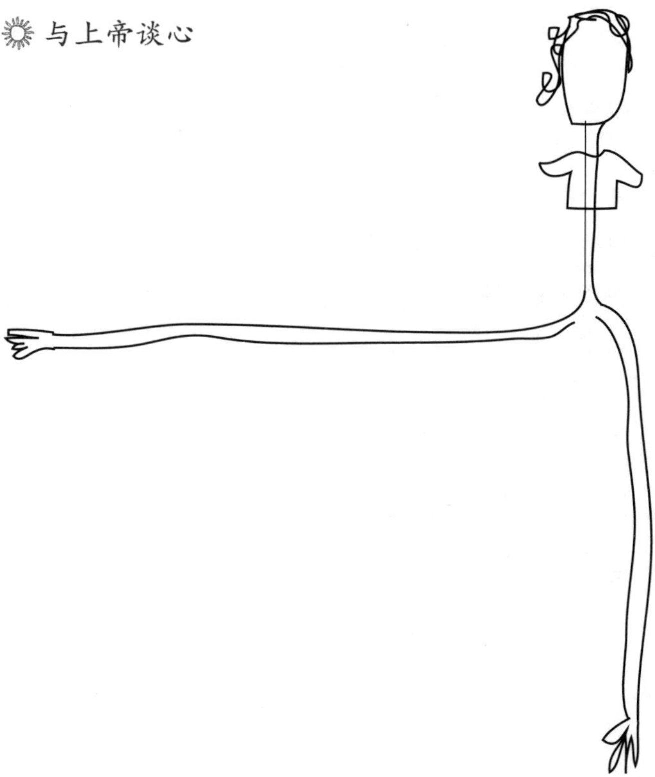

没人告诉过我会心痛至此
没人提醒过我
与朋友一起经历的那种心碎的痛楚
我问自己“那些疗伤情歌在哪儿呢？”
根本就没有这样的歌
我找不到专门为了描述悲伤
而吟唱的情歌或者写成的书籍
当朋友离开，我们便消沉了
这痛楚不像海啸
而是一种慢性绝症
它可以潜伏好几个月
毫无征兆
它是不时出现的疼痛或头痛
却又全在掌控之中
绝症与海啸
终究殊途同归
朋友与爱人
失去的终将不复回

☼ 被低估的痛楚

一千句赞美传进耳中
也似乎毫无用处
倒是那些难听的只言片语
能瞬间瓦解自信

☼ 消极主义者

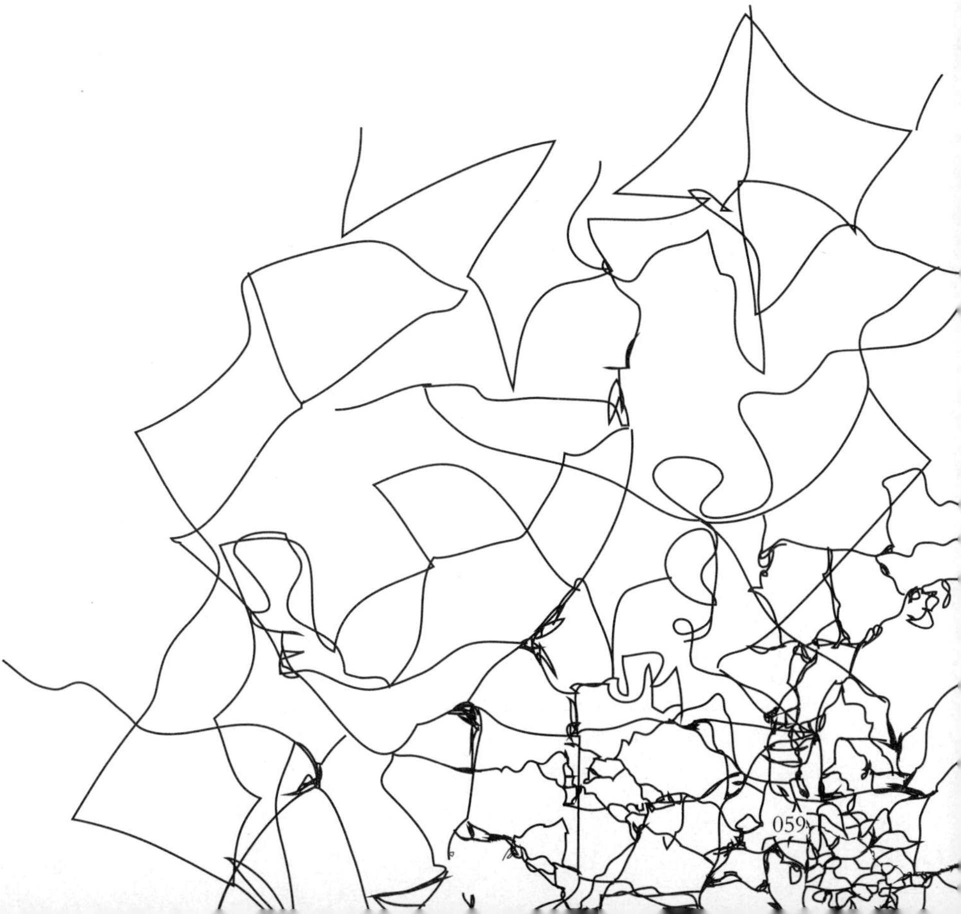

记忆中那是一个寻常的周四
阳光亲吻着眼皮，将我唤醒
我记得如此清楚
从床上起身
听着屋外孩子们玩闹的声音
一边煮着咖啡
放上音乐
清洗杯盘
我记得自己把花插进花瓶
摆在厨房餐桌中间
只有当家里的一切井井有条
我才会泡个澡
将昨日从发梢洗去
我对镜梳妆
如同以相框、书架和照片
装饰家中的墙壁
我在颈上戴了项链
穿上耳环
抹上口红
将头发向后梳起——
一切都是寻常的周四

我们在一个朋友的聚会上相遇
结束时你问我，是否需要送我一程
我说“好的”
因为我们的父亲在同一家公司上班
你也去我家吃过很多次晚餐

然而我并不知道
那时的你别有深意

你让我把头发散开
语气里略带挑逗
在灯光雪亮的十字路口
你没有载我去那条通往家的大路
而是左转去了一条未知的小路
我问这是去往哪里
你却反问我怕了吗
我的声音从喉头落下
跌落到身体深处 从此杳无踪迹
我身体里的所有地方逐一
熄灭了
关闭了
锁上了

当我藏身于内心某个安全的阁楼壁橱里
有人却突然打破了窗户——是你
破门而入——是你
洗劫一空
有人掳走了我
——还是你

你眼里闪着饥饿的寒光
拿着刀叉 磨刀霍霍
仿佛已经几个星期没有吃过东西
而我则是一只等待宰割的肥美的羔羊
你用手指剥开了我
掏空了我
就像刮净一只剖开的瓜果
我尖声叫着，妈妈啊
你却牢牢地把我的手腕按在地上
把我的胸部蹂躏成了瘀青的果子

这座房子已经空空如也
断气
断电
断水

食物开始腐烂
从头到脚，我被尘埃层层掩埋
果蝇。蛛网。臭虫。
请找个水管工来吧
我的胃快塞爆了——自那之后一直呕吐
请找个电工来吧
我的双眼毫无神采
请找个清洁工来吧
将我洗净，把我晾干

当你闯入我的房子
它就不再属于我了
我甚至无法摆脱恶心，让爱人进驻
那一夜我失眠了
滴水未进
形容枯槁
连呼吸都忘了
夜复一夜
我的卧室变成了一个关押着精神病人的房间
每当不安袭来
男人就是那强制让我冷静的医生
每个抚摸我的爱人——都会让我想起你

他们的手指——你
嘴唇——你
直到他们不再压在我身上——你却依旧阴魂不散

我厌烦了
你的如影随形
——可无济于事
若干年过去了 我一直在寻找着
让这种感受停下的方法
可是太阳阻止不了风暴的到来
树木阻止不了斧头
我不会再责怪自己
仅仅因为
自己身为女人
而你身为男人
背负着你的罪孽前行 实在太沉重了
我要把它放下了
我已经厌倦了把你的耻辱
当成我的耻辱
用来粉饰这座房子
我没有做错
错的是你

你的双手曾犯下的 我要丢弃了

我突然明白了——经年的大雨之后
真相的阳光穿过一扇打开的窗来了
这一路艰辛漫长
又如同一个轮回
一个支离破碎的人
耿耿于怀
两腿间存在的意义
一个完完整整的
完美造物的人
经历劫后余生
恶魔掳走灵魂
勇士又夺回它们
这座房子是我来到世间时的依存
是第一个居所
亦是最后的居所
你不能进来
这里不欢迎你
没有迎宾垫
没有多余的卧室
我打开了所有的窗子

让空气流通起来
把花插进花瓶
摆在厨房餐桌中间
我点燃一支蜡烛
放空头脑 清洗杯盘
直到它们一尘不染
我擦洗桌台
然后准备泡个澡
将昨日从发梢洗去
我对镜梳妆
放上音乐
靠坐着 抬起脚
享受起
这寻常的周四午后

☼ 房子

雪落时
我盼着草
草长时
我踩着它们走过
叶黄时
我盼着花
花开时
我将它们挥霍

☼ 暴殄天物

告诉他们我曾是
你所知道最温暖的所在
也正是你让我失了神采

那晚在家
我往浴缸里放满热水
将花园里的薄荷扔进几片
倒进两勺杏仁油
一些牛奶
还有蜂蜜
一小撮盐
邻居家草地上的玫瑰花瓣
我泡在这缸热水里
竭力想要洗去污秽
头一小时
我从头发上取下松针
数了数 一二三
将它们摆整齐
第二小时
我哭了
抑制不住地哭号
谁能想到女孩儿也能哭得这么凶
第三小时
我发现他的痕迹还残留在我身上
汗液不是我的
两腿间的白色
不是我的
咬痕
不是我的
气味
不是我的
血
是我的
第四小时，我开始祈祷

感觉好似你把我抛在了
离我自己很远很远的地方
自那之后我一直在找寻着回来的路

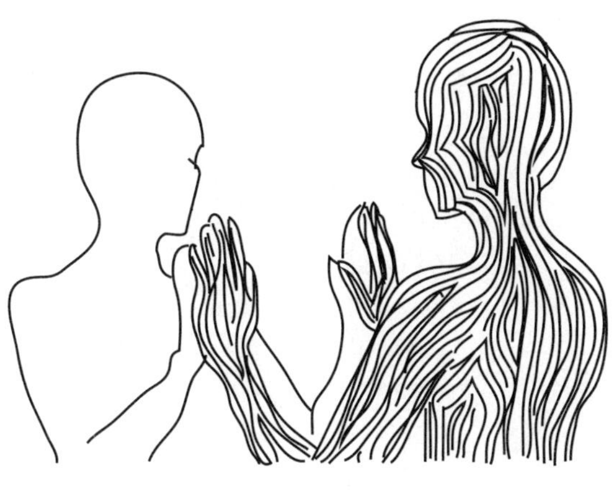

我把身体视作美学的产物
全然忘记了是它在一呼一吸间
让我活着
我将身体视为次品
只因它看起来不像她们的
我寻寻觅觅想要一个奇迹
却愚蠢到看不出来
我已经身在其中了

孤独的讽刺之处在于
我们总在同时
感受到它

☼ 一起

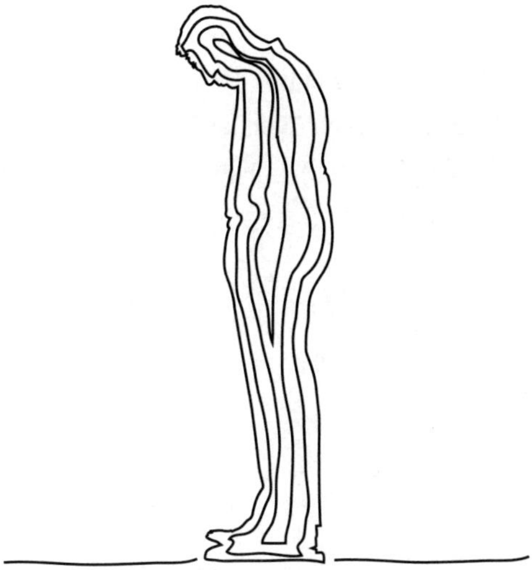

少女时代的我 生得毛发茂密
纤细的四肢 布满绒毛
我和别的女孩周末时总爱去那种
由女人们经营的地下室沙龙
她们和我母亲一样年纪
一样皮肤
却打扮得和我那朴实的母亲大相径庭
她们肤色偏深，却将头发染成适合白皮肤的金色
斑马纹
柳叶眉
让我对自己粗粗的两条眉毛自惭形秽
梦想着它们有朝一日也能变得那么细

我忐忑地坐在等候区
祈祷着千万别被学校的朋友撞见
角落里的迷你电视上正播放着宝莱坞的歌曲
有人正忙着往腿上涂蜡或者染发

当那女人叫我进去
我走进了一个房间
和她聊了两句
她离开了一小会儿
我则脱光了下半身
我褪下外裤和内裤
躺到美容床上等待

当她回来时 帮我摆好了两腿
像一只张开的蝴蝶
脚底并拢
膝盖朝两边打开
先擦消毒湿巾
再抹脱毛凝胶
“学校怎么样？”“你是学什么的？”她问
一边打开了激光仪器
把探头放在了我的耻骨上
就这样开始了
我私处附近的毛囊开始灼烧
每来一下
我便疼得龇牙咧嘴
不住颤抖

我为什么要来做这个
为什么要为身体本来的样子而惩罚它
可当我想起他
再想起面对他时会有多难为情
我止住了心里打起的退堂鼓

我紧咬嘴唇
问是不是快弄好了

地下艺术

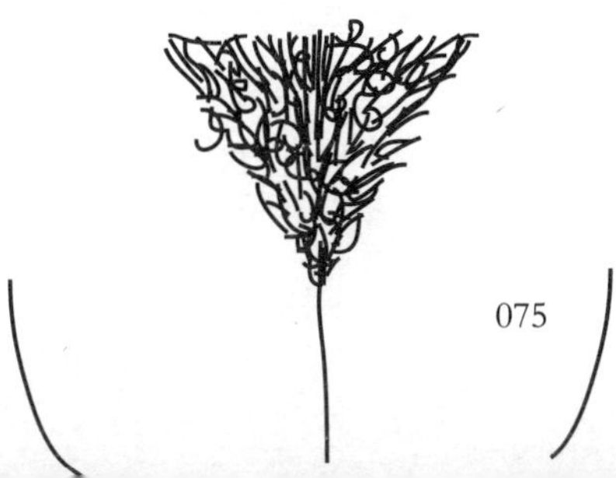

当我们抵达时
不再欣赏风景
我们便开始死去

好好活着

你曾属于我
那时我的人生很圆满
你不再属于我
而我的人生
依旧圆满

我的双眼
总将一切反光的表面当作镜子
从中搜寻着自己美丽的倒影
我的耳朵
总在搜罗着一切赞美的话语
可不管它们如何穷尽搜索
我总无法满足
为了护肤品和新科技
我去往那些医美诊所和百货公司
我试过激光美容
我试过面部护理
我试过刮毛刀片和昂贵的乳霜
幻想着它们会让我充实
让我熠熠生辉
可每当我刚觉得自己变美了
它们的魔法也随之消失
无处可寻
我愿意付出任何代价
不分日夜
换来让人回眸的美丽

没完没了的追寻

这地方让我
感到筋疲力尽
与睡眠无关
一切只是因为
周遭的人带来的压力

☼ 内向

当你我有过肌肤之亲
若你觉得我一无是处
那你一定很看轻自己
就好像你放在我身体上的手
真能让你增值
而让我不名一文

价值无法转移

你不会一觉醒来就成了蝴蝶

☼ 成长是个过程

我最近的日子有点不好过
总在忙着与他人做比较
努力想像她们一样苗条
还学着我父亲的样子
取笑自己的相貌
在双下巴像蜡一样和肩膀融为一体之前节食
眼袋祛除
鼻部整形
要回炉的地方太多太多
谁能指条明路给我
我想把这具身体
直接退回子宫

如同风雨之后
有彩虹
快乐也总是现身在
悲伤之后

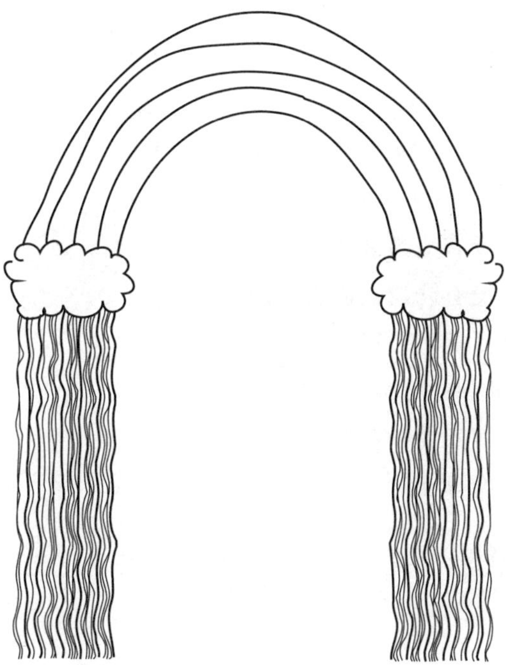

“不”在我家是一个不好的字眼
说“不”会挨打
久而久之 它从我们的字典里被抹去了
最后我们都成了顺从的好孩子
对一切只会点头说“是”
当他爬到我的身上
我全身上下都想拒绝
可我却没法说“不”来拯救自己
当我想要尖叫
却只发出了沉默
我听见“不”挥着拳头敲打我的嘴唇
求我放她出去
而我却没有为她准备好出口
也从来没有修建过应急通道
更没有活板门可以让“不”逃脱
我想问所有的父母和监护人一个问题
当有一双不属于我的手在我身体里时
顺从还有什么意义

我没学过说“不”，又要怎么表达拒绝？

即使知晓
浮生如寄
它们依然
灿烂生长

☼ 向日葵

若你遇见她
替我问候她
我没有一天不在惦念着她
那个姑娘把你当作她渴求的一切
你却把她从高墙上推下
告诉她
她哭，我陪她一起哭
她的头撞击着石墙发出的声音
萦绕在我的耳际
告诉她
现在就来找我
我已经把门从门框上拆下
打开了所有的窗户
准备好了温热的洗澡水
她并不需要你的爱
我知道她会振作起来
重新找回她自己
如果我能把你放下
她也可以

自被碰过之后
我身体的某些部位
至今隐隐作痛 ☼

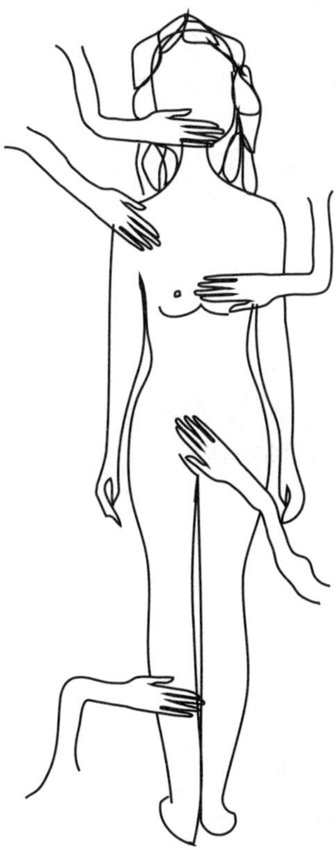

十二岁以后
我不再觉得自己漂亮了
我的身体像新鲜的果实一样变得成熟
突然之间
男人们垂涎地盯着我日渐翘起的臀部
男孩们也不再在课间和我嬉戏玩耍了
他们想摸我身上新鲜陌生的部位
我不知道该怎么遮掩那个部位
我束手无策
只想把它藏进胸腔里去

"咪咪"
他们说
我讨厌这个词
讨厌我说这个词时的难为情
即使它指的是我身上的一部分
它不属于我
它属于他们
而他们一遍遍地重复着
好像在认真思考着它
"咪咪"
他说
"给我看看你的"
除了罪恶感和羞耻感
没有什么好看的
我想要钻进脚下的地缝里去

却只是站在
离他勾起的手指一英尺远的距离

当他试图玩弄我的胸部
我咬了他的前臂
我开始讨厌这具身体
不明白自己为什么落得这个下场

我回到家告诉母亲
“那些男人都很饥渴”
她告诉我
我不能穿成这样
“男孩子们看到果子就会饥渴”
她让我坐下的时候两腿并拢
像个体面的女性那样
不然男人们就会争风吃醋
她说只要我举止得体
就能避免这类麻烦
但是问题在于
这毫无道理
我不能对一个事实视而不见——
我得向全世界一半的人口解释说明
我的身体不是他们的床笫
当我应该学习科学和数学的时候
却在忙着学习身为女人带来的种种后果
我热衷翻筋斗和体操练习

所以我很难想象两条腿并拢走路是什么样子
就像两腿间夹着什么见不得人的秘密
难道对自己身体的接纳
就等于对他人的引诱?
我不会屈从于他们的淫威
因为荡妇羞辱是一种强奸文化
处女崇拜是一种强奸文化
我不是谁喜爱的商店橱窗里的塑料模特
你不能替我决定穿着
更不能在我破旧时将我丢弃
你不是野蛮人
你的行为不该我来负责
你该自己管好自己

第二天去上学
男孩们在我身后起哄
我把他们推倒在地
抬脚踩在他们脖子上
大声说
“咪咪”
他们那眼神简直有趣至极

成长的艺术

当世界在你脚下崩塌
何不让他人
帮你收拾残局
当你一切顺遂
我们可以见证你的幸福
当你身处逆境
我们更能分担你的痛苦

☼ 互助

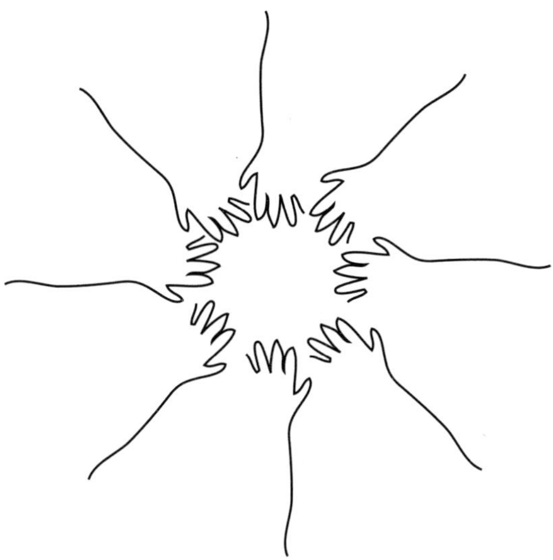

我不会因为不开心
而流泪
我流泪是因为我拥有了一切
却仍然不开心

放手吧
随它去
就这样
反正这世上
没有什么东西
是注定属于你

☼ 你只拥有自己

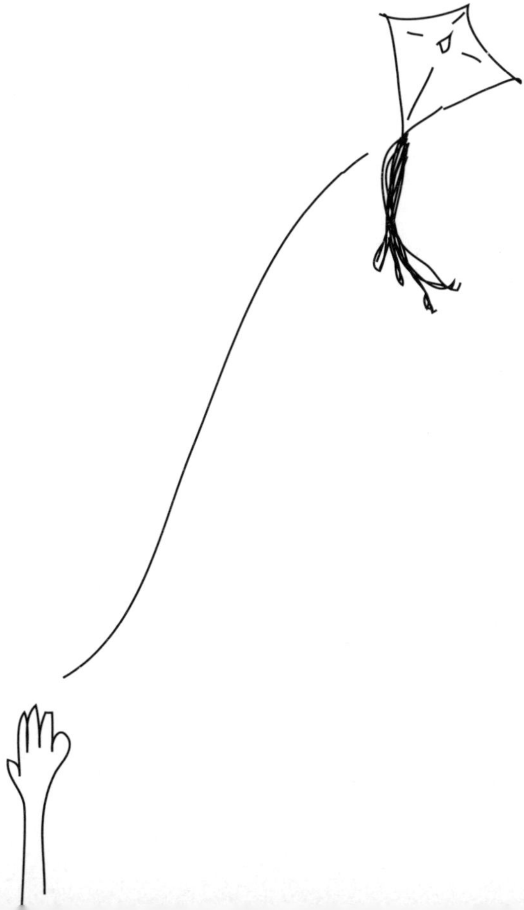

祝福那些伤害过你的人
找到纯真的爱情和心灵的平静
然后你继续前行

☼ 对彼此都好

没错
的确有可能
同时恨着也爱着同一个人
我就这样日复一日
对我自己

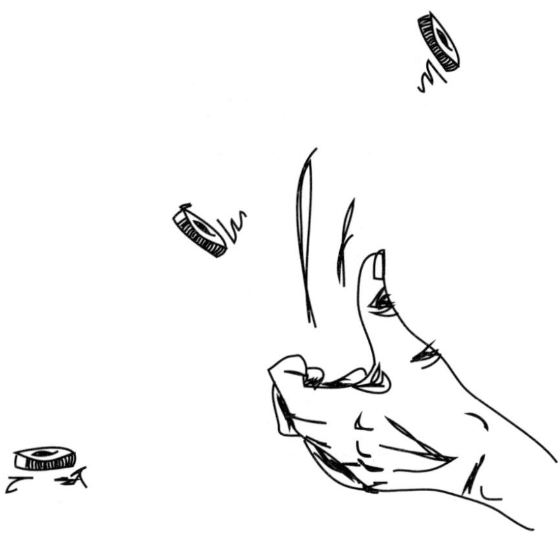

在路上
我丢失了自爱
成了自己最大的敌人
我以为已经见过恶魔的模样
当我们还是孩童时将手伸向我们的叔叔们
还有那些把我们的城市夷为平地的暴徒
但我还从没见过谁像我一样
对自己的血肉如此渴求
我剥下自己的皮肤只为了换一丝清醒
我在伤口上撒盐只为了惩罚自己
我的神经混沌
我的血液凝结
我甚至试过将自己活埋
可那泥土却瑟缩着躲开
“你已经腐坏了！”它说
“我没什么好做的了。”

自责

你对自己的评价
你对自己的贬低
无异于自残

☼ 自残

当我经历人生低谷
却看不到出路
我总会想
谁还会来救我呢
连我都不想救自己

☼ 毒药是我，解药也是我

首先
我拿自己的口头禅开刀
“我不能”“我不会”“我不够好”
我把这些词句排成一排，宣判它们死刑
接着
我开始朝那些无影无形、无孔不入的念头动手
来不及一一整理
我得把它们一股脑儿清洗干净
我用发丝织成一片布匹
将它浸入一碗装着薄荷和柠檬的水里
然后咬着它
往脑后梳起辫子
我双膝跪地
开始把从前的念头擦得不留痕迹
二十一天后
我的膝盖擦烂了
但我不在乎
我不再往肺里吸气
也不再往外吐气
我会把对自己的恨意从骨头上抹去
直到爱意从那里现形

☼ 自爱

我已经经历了太多
怎么可能走得平静
让流星来带走我吧
再来点轰隆隆的雷鸣
我的死务必办得华丽
山崩地裂都不足惜
连太阳也得吞掉它自己

☼ 我走的那天

我想要自己给自己宠爱 ☼

如果我是自己生命里
最长情的陪伴
难道不该现在就开始
好好亲近与关爱
这个我每晚都要与之
同床共枕的人

☼ 接纳

还有什么能
强大过人心
碎了千万次
却依旧跳动

醒来时我想
要做的都已经做完了吧
今天不必再练习
可我把疗愈这件事
想得太过简单了
它没有终点线
也没有截止日
疗愈是一种日复一日的修行

人们拥有的如此多
却常常想要得更多
别再盯着那些你没有的事物
转头看看你已经拥有了什么

☼ 知足

你可以模仿我的光芒
但你终究无法成为它

不管怎样
生活就是如此 ☼

“人生的秘诀就在于……”
当我在母亲的臂弯里哭泣时
她曾这样告诉我
“想想你每年在花园里
种下的那些花朵
它们教你，人也如此
总会
枯萎
坠落
生根
发芽
全都是为了绽放啊！”

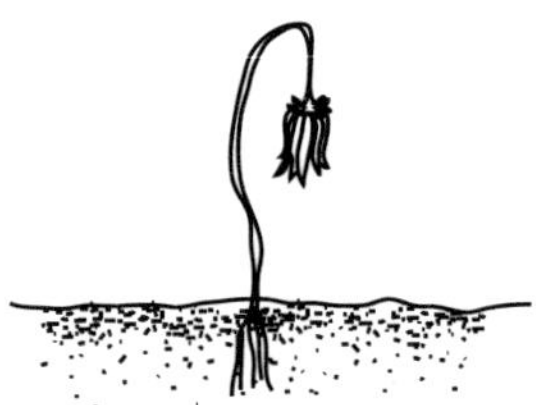

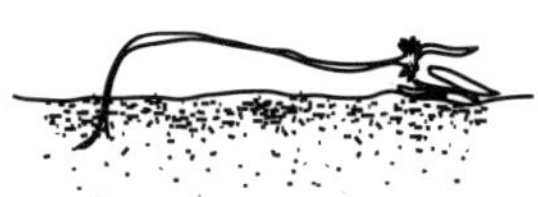

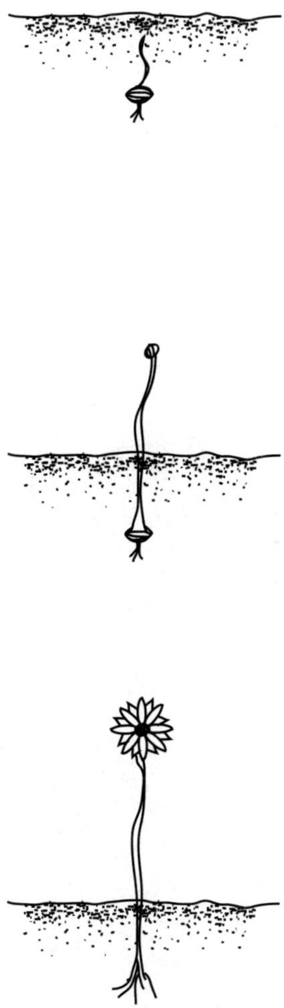

生根

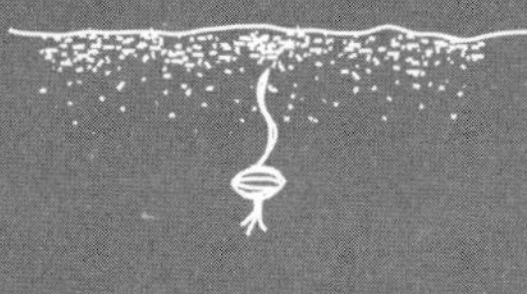

他们并不知晓
冒着无家可归的风险
背井离乡的滋味
你可能终其一生
都只能分裂在两个大陆之间
摇摆在两个国家之上

☼ 移民

“瞧瞧他们干的好事！”
地球哭着对月亮说
“他们把我搞得鼻青脸肿的！”

☼ 绿与蓝

你是一道裂开的伤口
而我们则站在
你的血泊之中

☼ 难民营

谈到倾听
妈妈教我安静
“若你的声音将别人的淹没
你又如何能将他人听清。”她说

谈到说话
她说：“说的时候态度要坚定
你要对自己说出的每一个字
负起责任。”

谈到举止
她说：“既要温柔又要强硬
你要敏感些，才能生活充实
也要够粗糙，才能不被伤害。”

谈到选择
她教我感恩
因为我所拥有的选择
是她从来没有资格获得的东西

☼ 妈妈教给我的事

离开家乡
对我母亲来说并不容易
我仍能发现她在
“外国影片”
和“进口食品”的货架上
寻寻觅觅

我想知道她把他藏哪儿了。她那刚在一年前去世的兄长。她在婚礼上穿金戴银，身着一套红色丝绸礼服。她告诉我那是她一生中最伤心的日子。她还没能从服丧之痛中缓过来。一年并不足够。丧兄的哀伤没法这么快就消散。那就像一眨眼，一呼吸。他去世的消息犹在耳边，宾客已经纷至沓来。那窃窃私语，那匆匆来去，像极了他的葬礼。当我父亲和宗亲们到达婚礼现场的时候，感觉仿佛他的遗体才刚被送去火化。

安瑞克·辛格（1959—1990）

我很抱歉这世界
没能够护你周全
愿你归家之路上
柔和平静又好眠

☼ 安息

你的双腿软得像一匹疲于奔命的马
马不停蹄，夜以继日
你没有权利停下休息
在一个想要将你驱逐出境的国度
你能做的就只剩下不停
奔跑，奔跑
还是奔跑
直到你抵达港口
用你拥有的一切
换取一张船票
挤在同你一样的其他几百人当中
密密挨挨好似沙丁鱼罐头
你对身边的女人说
“这艘船不足以承载
这么多的不幸
它难以抵达彼岸”
“有什么关系呢？”她回答
“反正淹死比留下来强。”
这片海吞没过多少人呢
它就是一个永恒的墓地
无家可归者葬身于此
也许海就是你的家园
也许船会沉没
因为这里是唯一会接纳你的所在

☼ 船

“要是我们上门时
他们关上门怎么办？”我问

“那又怎么样？”她回答
“当你经历过虎口脱险，门就关不住你。”

边界
是人为的
不过是将我们从地域上分开
别让它们使我们
彼此为敌

☼ 我们不是敌人

手术后
她告诉我
真是太荒唐了
他们刚刚摘除了
她孩子的第一个居所

☼ 子宫摘除手术 2016年2月

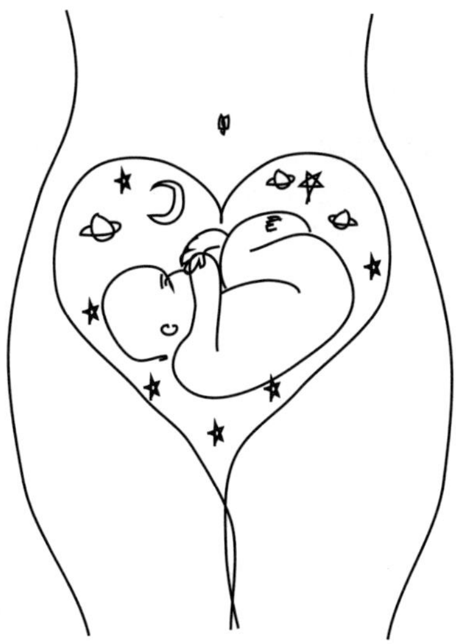

炸弹侵袭整座城市
今天更是摧枯拉朽
登上船的难民们都清楚
此生恐怕再难踏上陆地
警察仅仅是因为他们的肤色便开枪杀人
上个月我去探望了一家孤儿院
那里收养被像垃圾一样丢在路边的弃婴
之后在医院里，我见到了一位母亲
她丢了孩子，也丢了魂魄
某个地方，谁的爱人死去了
我不得不深信
我的人生是场奇迹
因为在这片混乱之中
我被赋予了生命

命运

也许我们都是移民
从一个家换到另一个
起初我们告别子宫，来到世上
后来我们告别郊区，来到城市
寻觅着一种更好的活法
只不过我们中的一些人恰巧告别了
一整个国家

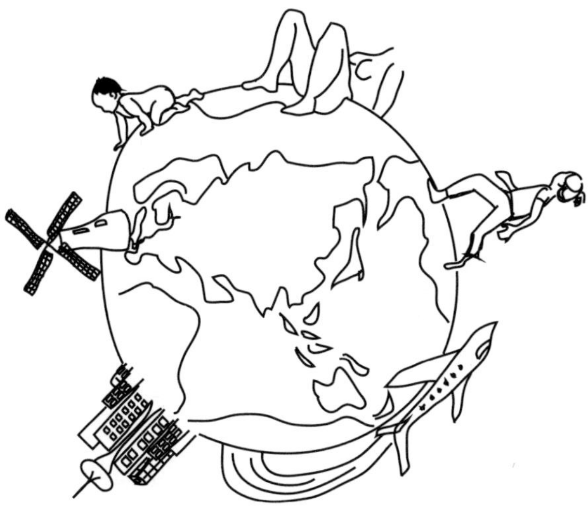

我的神
不会在教堂里静静等待
也不会端坐在寺庙的台阶上
我的神
是难民奔跑时的喘息
是饥饿孩童的肚腹
是抗议者的心跳
我的神
并不歇息在圣人们写下的纸页上
我的神
存在于卖春女汗涔涔的两腿间
最后一次被人看见时
正为无家可归的人洗涤着双脚
我的神
并不像人们描述给你的那样
遥不可及
我的神在我们内心永恒地跳动着

1 你可以说“不”

2 多年前，你丈夫的父亲总对他拳打脚踢
让他变得不懂得说“爱”这个字眼
不过他的所作所为证明他是爱你的

3 当他进入你的身体，进到那个地方
呼应他
性并不肮脏

4 无论他的家族如何施压
不要因为我是女孩就去堕胎
把亲戚们都关在门外，吞掉钥匙
他不会因此而恨你

5 漂洋过海时带上你的日记本和画作
它们会在你迷失于新的城市时
让你记得自己是谁
它们也会告诉你的儿女
即使没有他们，你的人生依旧完整

6 当你的丈夫去工厂上班
结交一下公寓里寂寞的留守女士们

这种孤单会把人一切两半
你们需要彼此支撑方能存活

7 你的丈夫和儿女会向你索取
我们会从情感上和精神上压榨你
这是不对的
别让我们说服你同意
牺牲自己是你
表达爱的方式

8 你母亲去世时
飞回去参加葬礼
钱花了还能再挣
而母亲只有一个

9 你完全可以花几美元
享用一杯咖啡
我知道曾经有段日子
我们负担不起
不过我们现在可以了。放轻松。

10 你不能说一口流利的英语
或者操作电脑和手机
都是我们造成的。这不是你的错。
你一点也不比那些

拥有新款手机和名牌服饰的妈妈差
我们让你关在家的四壁之内
让你一味地付出
你已经很多年没有办法做自己

11 并没有一本参考书
教人如何作为家族中最年长的女性
在陌生的土地上养儿育女

12 你是我最崇拜的人

13 每当我崩溃时
只要想一想你的力量
就能变得坚强

14 我觉得你是一个魔术师

15 我想要让你在余生每一天好好享福

16 你是英雄中的英雄
神祇中的神祇

在母亲的婚礼上
我会给她的忠告

在梦中
我看见母亲
和她一生挚爱在一起
没有孩子牵绊
这是我见过的她最幸福的样子

☼ 假如

你将世界分裂成
无数的碎片
并命名为各个“国家”
你对自己从未拥有的东西
宣告所有权
并让余下的那些一无所有

殖民地

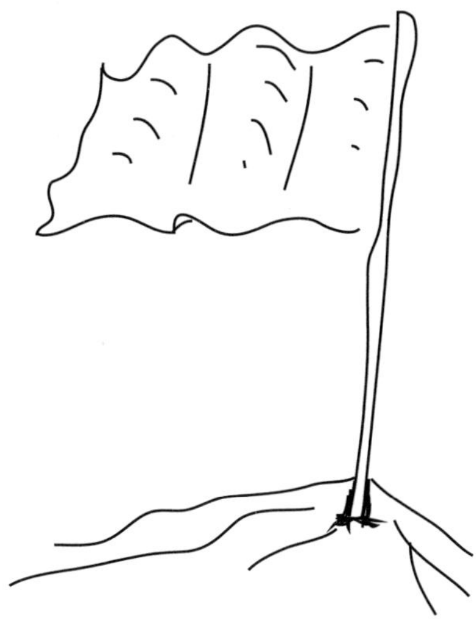

我的父母从来不会在傍晚时分坐下来，跟我们好好讲一讲他们年轻时的故事。一个总在忙着工作。另一个则总是太过疲惫。或许身为移民就是这样的吧。

北方的严寒地区吞没了他们。他们总是疲于工作，为了居民身份而被榨干血汗。或许新世界太过沉重，而旧世界的痛楚则最好尘封起来。

不过我仍希望我能揭开它。我希望我能像拆开一份密封的信件那样，打破他们的沉默。我希望我能找到信封边缘上的一道小口子，然后将手指放进去，轻轻地撕开它。他们曾有过的岁月，对我来说是完全陌生的。如果在他们离世之前，我都无法了解他们的过去，那将是我最大的遗憾。

我的声音
是两种文化冲突
的产物
英语和母语
交织在一起
并不是什么羞耻的事情
我的声音
有着来自父亲的词句
和来自母亲的口音
我的嘴里诉说着两个世界
又有什么关系

☼ 口音

数年来，他们一直分隔在大洋两岸
唯一的念想就是彼此的照片
尺寸比护照照片还要小些
她的嵌在一只小金匣子里
他的则夹在钱包的内侧
每当一天结束的时候
当他们的世界渐归宁静
端详照片就是他们亲近彼此
唯一的方式

那时候电脑还没有普及
散落天涯的家人们还不曾看见过电话
或者彩色电视屏幕
那时候我们还没有出生

当飞机的轮子着陆在草坪上
她不知道是否抵达了正确的目的地
不知道自己是否搭乘了正确的航班
真应该跟空姐确认两遍的
就像她丈夫叮嘱的那样

走向行李转盘的时候
她的心怦怦跳着
简直要跳出胸腔来

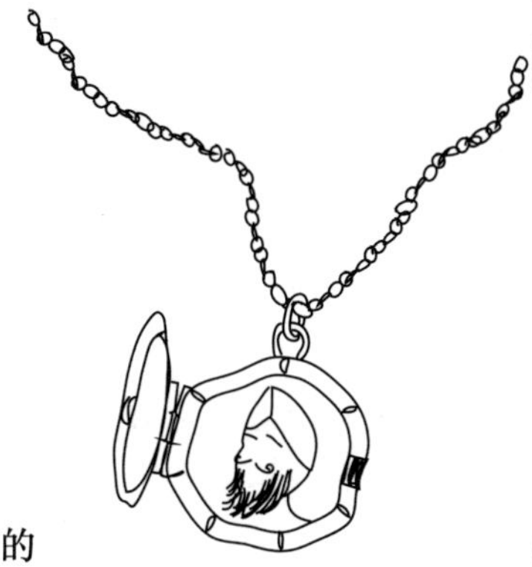

眼睛四下环顾着
不知道接下来该做什么
突然
就在那儿
在人群之中
他出现了
不是幻觉——而是真实的
她先是松了一口气
接着又呆住了
很多年来他们一直想象着这场重逢
一遍遍练习着对白
可她的嘴却似乎忘记了
她感到心里咯噔一下
当她看到他的黑眼圈
和仿佛扛着无形重压的双肩
就像是他已经被生活榨干

她嫁的那个男人哪儿去了
她思忖着
伸手去拿那个装着他照片的小金匣子
而她的丈夫早已面目全非

新世界榨干了他

假如
已经没有足够的时间
去补偿她应得的一切
那么
如果我虔诚地祈求上天
我母亲的灵魂就能
回到我的身畔
做我的女儿吗
这样我可以给予她
她曾给予我的
一辈子的关爱

我想回到过去，坐在她的身旁。用一段家庭影像记录下一切，这样我的双眼就能在余生中见证一个奇迹。我以前从未想过她有我之前的生活会是什么样子。我想知道她和朋友们会为了什么而欢笑。在那座用泥土和砖块垒成房子的小村庄里。那里种满了芥菜和甘蔗。我想坐在少女时代的母亲身旁，问问她有什么梦想。我想做她头上的小辫儿、眼皮上的黑色眼影、指尖美丽的装饰、课本里的书页。即使只做她棉裙上的一根丝线，对我来说也已经是最最好的礼物。

☼ 见证奇迹

1790

他从妻子身边带走了新生的女婴
把她带到隔壁房间
左手抱起她的头
右手轻轻折断她的脖子

1890

“用湿毯子把她包起来
鼻子里灌些米粒和沙子”
一个婆婆这样教她的儿媳
“我就是这样做的”她说
“我母亲也是这样做的
还有我母亲的母亲”

1990

报纸上说
“附近一个村庄发现了上百具女婴尸体
埋在一个医生的屋后”
妻子不知道他曾带她去的是不是同一个地方
她想象着她的女儿化为泥土和肥料
滋养了养活这个国家的那些作物

1998

大洋那边，多伦多的一个地下室里
医生为一名已经有女儿的印度妇女
实施了非法的堕胎手术

“一个就已经负担不起了”她说

2006
“比你想的还轻松”我婶婶对我母亲说
她们认识一家人
已经做了三次
这家人知道一家诊所，可以帮我母亲挂个号。
那个医生甚至会开一种保证生男孩的药方。
“他们给街上那个女人开了方子”那家人说
“现在她都生了三个儿子了”

2012
多伦多地区的十二家医院
拒绝在怀孕满三十周之前
向客户透露婴儿的性别
这十二家诊所全部位于
南亚移民聚居的区域

谋杀女婴

别忘了
你社区里的那些人
与那些
同胞同呼吸共命运
你之所以成为你
与先辈们分不开关系

寻根

当他们将我活埋
我用手掌和拳头
替自己挖开出路
我的呐喊响彻四方
连大地都在恐惧中震颤
泥土开始飞散
我的整个人生都是
一场又一场死刑后的重生

☼ 没有你我也能活得很好

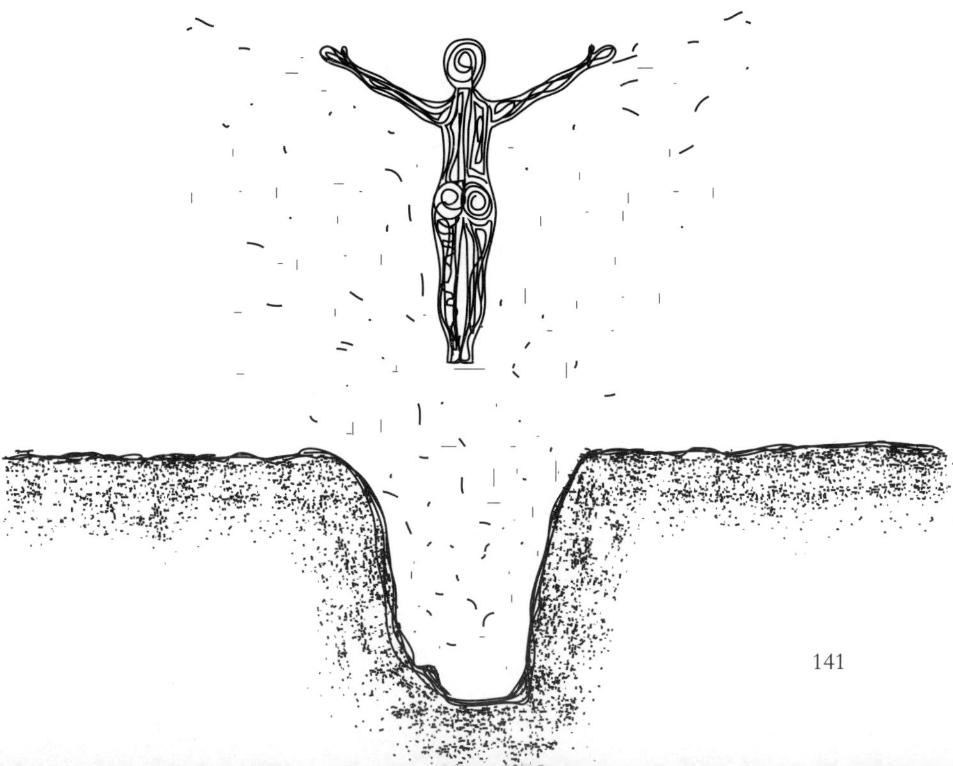

母亲牺牲了她的梦想
于是我可以拥有梦想

我常想父亲是如何
把这个家拖出贫穷的泥潭
即使他不知晓元音是何物
而母亲又是如何拉扯大四个儿女
即使她连一句完整地道的英语
也说不明白
一对初来乍到的夫妻
带着希望落脚在新世界的土地上
而他们嘴里只尝到了被拒绝的苦涩
没有家人
没有朋友
只有男人和妻子
两个大学学位不名一文
一个的母语已经渐渐不再流利
一个隆起的肚里孕育着新生命
父亲担心着工作和房租
不管这个即将出生的孩子是男是女
他们只想问自己一个问题
“把我们所有的钱都花在
一个正在吞掉我们的家国梦上
是否值得？”

父亲看着他的女人的双眼
看到了她眼中闪动着孤寂
他想要在这视她为过客的国度里
给她一个家
他们结婚那天

她告别了整座村庄，成为他的妻
现在她告别了整个国家，成为一名战士
而当冬天来临
他们只有以彼此的体温相互慰藉

他们面朝彼此，围成一个圈
将他们最珍视的部分——儿女——紧紧围住
他们把一件塞满衣服的行李箱变成了生活
和定期支付的薪水
以确保这些移民的孩子不会因自己是
移民的孩子而憎恨他们
他们努力工作
你能从他们的双手看出来
他们的双眼疲惫不堪
但我们的肚子也咕咕作响
这成就了我所见过的最最艺术的事情
那在从未听闻过热情的声音的耳朵听来
可谓诗句
当我看着他们的杰作
嘴里总是啧啧称赞
因为在英文里找不到一个词可以用来形容
那种美丽
我做不到把他们的存在压缩进二十六个字母
用以表达
能够用来形容他们的词语
根本就不存在

于是我只好写满一页又一页
逗号，更多词句，更多逗号
因为我意识到这世上竟有
如此讲也讲不完的美妙事物

所以你怎么能嘲笑你的母亲
当她开口
说出荒腔走板的英文
别为她偷偷越过了无数国家的边境来到这里
而感到脸红
因为这样你就不用漂洋过海、翻山越岭
她的口音很重很重
你要好好珍重
那是她背井离家之后唯一拥有的东西
你不可轻视了这份财富
而是应该将它高挂在博物馆里
挂在达利和凡·高隔壁
她的一生是不平凡的
吻吻她温柔的脸颊吧
她早已知道一开口就让人们嘲笑的滋味
她不仅是我们得以绘画和书写时的
标点和语言
更是为她自己创造了一整个世界

还有什么比这更艺术的事情

荒腔走板的英文

发芽

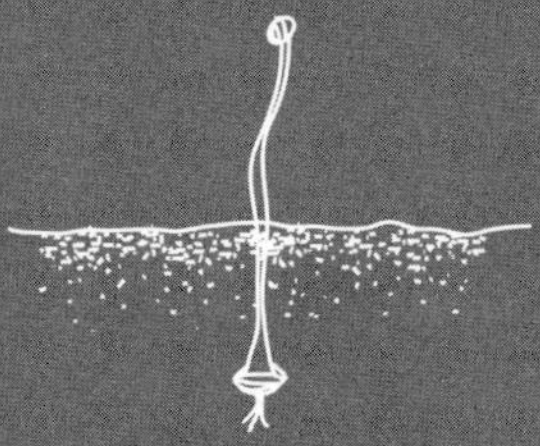

在相爱的第一天

你揽我入怀

说我是如此“特别”

你一定也记得那一次
当整座城市陷入沉睡
我们却和衣而坐、彻夜未眠
我们还未触摸过彼此
却已在言谈间相互了解
我们的手脚在强大的电流下瘫软
那电流强大到足以当得上半个太阳
那晚我们什么也没有喝
但我却醉了
回家后我问自己
“这就是灵魂伴侣吗？”

我有些忧心忡忡
因为对你全情投入
意味着对他彻底遗忘
而我还没为此作好准备

前进

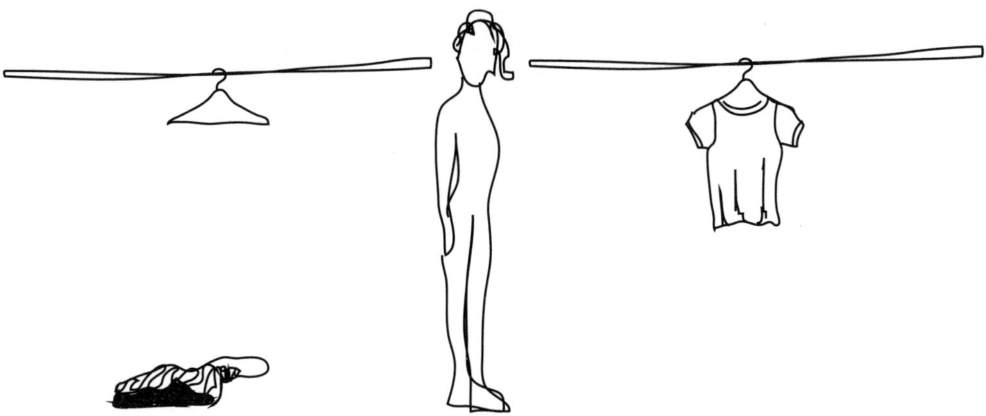

我要怎么善意地待你
当我仅仅懂得
在恐吓前张开双腿
我要怎么和你相处
当我对爱的理解等同于暴力
而你却如此甜蜜温柔
当你对激情的定义是眼神交流
而我的定义却是狂怒
这算什么亲密
当我渴求着锋利的棱角
而你却毫无棱角
只有柔软的边缘
当我所知的都是伤痛
我要如何教会自己
去接纳一份正常的爱情

我想要
一个平等待我
的伴侣

千万不要因为重新开始而感到羞愧 ☼

中间地带很神奇
它介于你们在一起时和分开后之间
它是一种警醒
从你过去如何看待他们
到你将来会如何看待他们
在这里，他们的光环渐渐褪去
他们不再是你所崇拜的神
当他们走下你用自己的骨头和牙齿
雕刻而成的神台
他们的面具便被摘了下来
重新回归到肉体凡胎

☼ 中间地带

当你开始爱上一个新的对象
你会笑话爱情是多么不可靠
你当然不会忘了
自己曾以为上一任就是“真命天子”
而现在你却
把这名号给了别人

☼ 爱情常换常新

我不想要那种
让人心力交瘁的爱情
我需要有人
让我充满活力

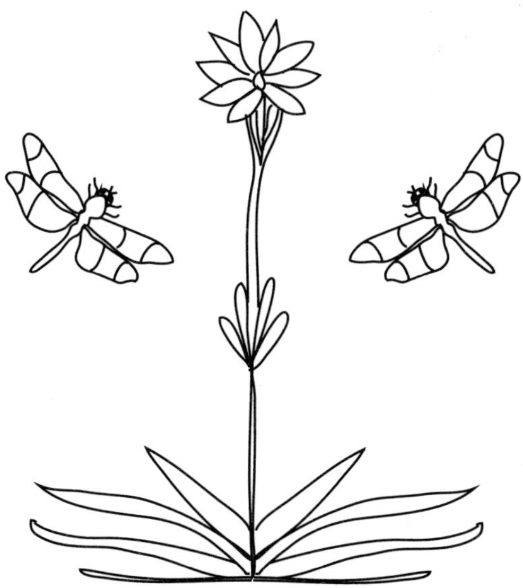

我努力想要避免
你为他们的错误埋单
我努力想要教会自己
你与那些伤痛无关
我怎么能够以你未曾
做过的事情来惩罚你
你承受着我的种种情绪
如同穿着一件历尽风霜的军装
你并不冷漠
也不野蛮或者饥渴
你是治愈的
你不是他们

他直视着我
带着电流的手指轻抚我的皮肤
“感觉如何？”他问
他想要一个答案
我却无法回答
只是充满渴求地颤抖着
兴奋而忐忑
他笑了
知道这就是满足的表情
我是总闸
他是线路
我的臀部随着他的而富有节奏地律动着
我的呻吟变得不像我自己——而是音乐
如同手指轻压小提琴的琴弦
他在我身体里发动了足以供应一座城市的电力
当我们结束后我直视着他
对他说
“太棒了！”

当我走进那间咖啡店，碰巧见到你，我的身体没有像我第一次见你时那样起反应。我以为我的心脏会停止跳动，双腿会不听使唤，或是哭着倒地想要引起你的注意。然而什么也没有发生。当我们四目相对，我的内心毫无波澜。你看起来不过是一个穿着普通衣服、喝着普通咖啡的普通人而已。我真想夸夸自己。我的身体一定是早就把你忘得彻底。它一定厌倦了我那些失魂落魄的日子。

当我沉浸在自怜中无法自拔，它却已经得到了治愈。那天我没有化妆，披头散发，身上穿着一件我哥哥的旧T恤和睡裤。然而我却觉得自己美艳得如同海妖塞壬，或是一尾人鱼。开车回家的路上，我甚至跳了一小段舞。尽管我们在咖啡馆的同一屋檐之下，我却已经与你相隔了太阳系那么遥远的距离。

橘子树不肯开花
除非我们能够幸福
当我们遇见彼此
它们便结出了硕果
你还看不出来吗
大地已经为这一刻
准备了一生

庆典

为什么我总是纠结着
一会儿希望你渴望着我
一会儿又觉得这样对我来说
太赤裸裸
为什么我让爱我这件事变得这么复杂
生怕你发现
我藏在胸口的心魔
爱人啊，以前遇到这种情况的时候
我可无所谓得多

☼ 假如我们相遇在我准备好时就好了

我再也抑制不住自己的内心
奔向大海
在午夜里
向着海水把我对你的爱诉说
当我倾诉完毕
大海体内的盐都变成了甜甜的

插画为致敬索巴·辛格的《索尼·马希瓦尔》。——原注。（书中注释如无特殊说明，均为原注。）

“我觉得，也许这是一个错误。也许我们仅仅相爱是不够的。”

你以唇吻我。我们在亲吻中意乱情迷，你却对我说：“告诉我，这不对。”我的头脑不听使唤，我的心脏怦怦跳动。在那儿，就在那儿，有你想要的答案。答案就在我屏住的呼吸里，在我匮乏的语言里，在我无声的沉默里。我无法说话，因为你让我满心小鹿乱撞。如果这也算是一种错误的话，那和你在一起就是最好的错误。

一个
会哭泣的
男人

☼ 礼物

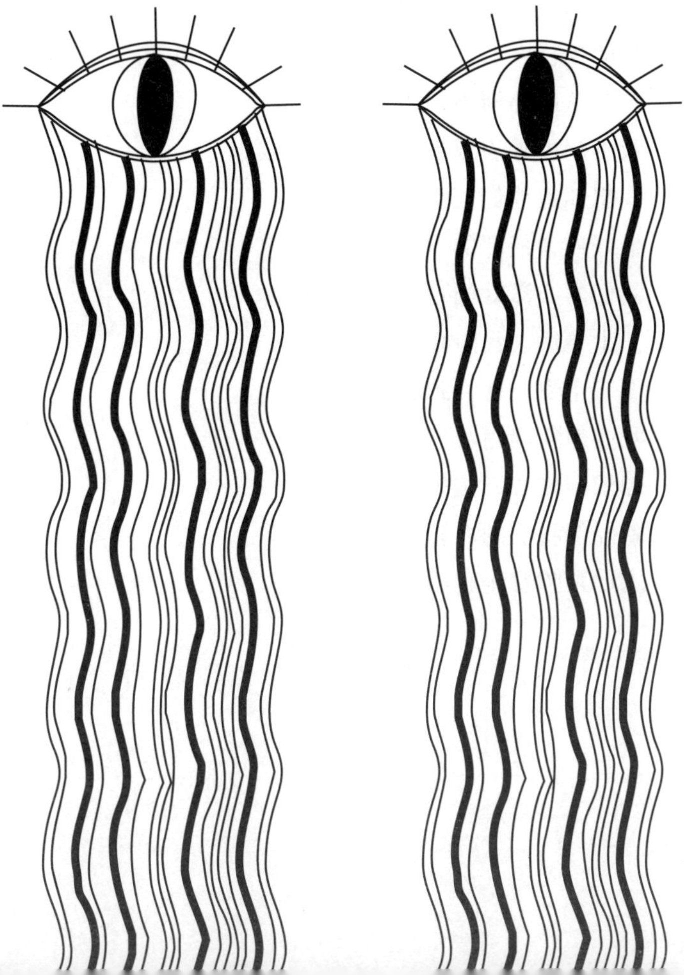

如果我要与人携手共度一生
最好问问自己
二十年后
他会是那个
依旧能让我开怀的男人吗
抑或我只是一时被那迷人光彩
扰乱了心神
经年的时光中，我们会一起成长成
新的模样
还是从此停滞不前呢
我不想被外表或者金钱迷住了双眼
我想知道他们能否发掘出我
最好或者最坏的一面
我们内心深处的观念是否一致
三十年后，我们会否依然
像二十岁一样性致勃勃
我能想象出当我们垂垂老矣
却依旧雄心万丈的样子吗
就好像我们的血管里
永远奔腾着年轻的血液

☼ 清单

“你为什么这么在意向日葵？”他问

我指了指屋外那片金灿灿的田地
“向日葵，爱慕太阳。”我对他说
“只有照见阳光，它们才会有精神
当太阳不见了，它们就会垂头丧气
这就是太阳对向日葵的影响
就如同你之于我”

太阳和她那些花儿

有时
我不愿自己
将这个词大声说出来
生怕太常挂在嘴边
最终成了消遣

☼ 我爱你

我们之间最重要的交谈
将是用手指进行的
当你在晚餐时
第一次紧张地用手指轻轻碰触我的
它们将会那样忐忑不安
当你约我下周再见
而我说好的
它们又会怎样放松舒展
当我们在床单底下
十指相扣
我们会假装若无其事
当我怒发冲冠
它们会发出痛苦的哭号
而当它们为了求得原谅而颤抖之时
你会懂得那就是道歉
当我们中的一个人在八十五岁高龄时
躺在医院病床上
你的手指会握住我的
诉说着语言无法描述的浪漫

☼ 手指

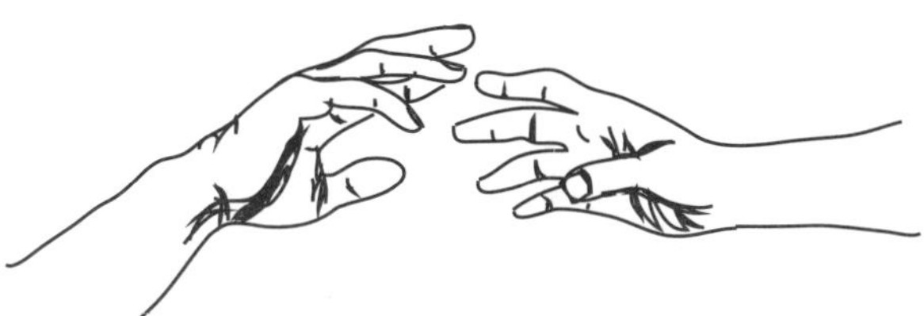

今天早晨
我告诉花儿们
打算为你做的事
它们全都绽放了

你我之间
不分彼此
当你在我身体里
我们就合二为一

☼ 性

如果我要走着去找你
需要八百二十六小时
不顺的日子里我总在想
如果世界末日来临
航班全部停运
我该怎么办
我有大把的时间胡思乱想
大把的空虚需要被填满
但却没有足够的亲近来填
这感觉就好像是被困在了火车站
等啊，等啊，等啊
等待着你那一趟火车到来
当月亮在这边的海岸升起
你那边却还是耀眼的白昼
一想到连我们头顶的天空都是不同的
就让我崩溃
我们在一起很久了
但如果你我温存的时间
并不足够让你的抚摸烙印在我的皮肤上
那么这还能叫作在一起吗
我努力不去胡思乱想
但是你不在我身边
一切最美好的东西
也只是平平淡淡

遥遥

我是
水做的
自然会有
情绪波动

他们应该让你觉得像家
那种可以让你待一辈子的地方
那种可以让你放松身心的地方

对的人

都怪月亮
是它让静止的水流
有了潮汐
亲爱的
我就是那静止的水流
而你就是那月亮

对的人并不会
挡在你的路上
而是为你的前行
让出道路 ☼

当你
圆满了
我亦
圆满了
我们便成了
两轮太阳

你的声音之于我
如同秋天之于树
你打来电话问声好
我的衣衫便脱落了 ☼

我们在一起总有聊不完的话题 ☼

当死神
牵起我的一只手
我会用剩下那只手
拉住你
向你保证
在往后余生每一世里
都要找到你

承诺

就如同
有人在我的衬衫下
往背上滑过了冰块

☼ 高潮

你曾
在我
身体
之内

☼ 某一世

上帝一定是用同一块面团
捏出了你我
他把我们搓成了同一个人
放在了烤盘上
结果突然发现
若把太多魔力置于同一个人身上
有些不太公平
于是很不幸地
他把面团一分为二了
否则怎么解释
当我看着镜子
便能看到你
当你张口呼吸
我的肺里也充满了空气
如果我们不是来自同一块面团
又怎么解释我们刚刚相遇
却好像已经相识了一辈子

☼ 我们有着一样的灵魂

成为
同一具身体上的
两条腿

☼ 恋爱

你的心啊
一定是只储蜜的蜂巢
否则
一个人
怎会这么甜

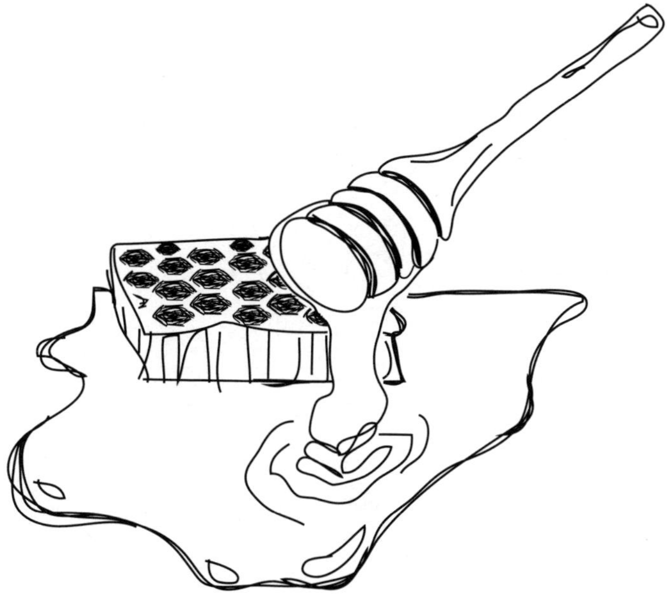

如果你再有魅力一点
太阳都会脱离轨道
追着你而来

☼ 追求

我经历了人生中最棒也是最难的一年。我懂得了万事万物都只存在于当下。存在于此时此刻。觉知。人。花朵。我懂得了爱是给予。给予一切。如果受伤了，就随它去吧。我懂得了敏感一点总是没错的，因为在这个让人很难保持内心柔软的世界上，要想变得冷酷太容易了。我懂得了一切事物都有两面。生与死。悲与欢。盐与糖。我与你。这是宇宙的平衡。我经历了伤得很痛但也活得痛快的一年。和一些人由陌生人到朋友。和一些人由朋友到陌生人。我懂得了薄荷巧克力冰激凌会治愈一切。而它没法治愈的那些伤痛，我总能在母亲的怀抱中找到安慰。我们应该去学着总是关注温暖的能量。让我们的四肢沉浸其中，让我们成为这个世界上更好的爱人。因为要是我们学不会善待彼此，我们又如何能够学会善待自己身上那最最受伤的部分。

绽放

宇宙花了些时间
将你精雕细琢
使你与众不同
以呈现给世界
若是你不相信
那你就是在怀疑一种
比我们两人加起来
还要强大的力量

☼ 独一无二

当第一个女人张开双腿
让第一个男人进入
当她领他经过通往秘密房间的大殿
他发现了什么呢
是什么在那里等候着
又是什么让他震惊到不能自已
从那以后
第一个男人日复一日地
看管着第一个女人
他把她关进笼中
好使她远离罪恶
他烧掉了她的书
大声咒骂她是娼妓和女巫
直到有一天晚上
他累得睁不开眼
不得不昏睡过去
第一个女人察觉到了这一点
在他轻微的鼾声中
响起了另一种鼓点
敲击在她的双腿之间
门铃
呼唤

脉搏
对她说着：张开啊
她的手不自觉地跑过通往秘密房间的大殿
她发现了
神祇
魔法师的手杖
蛇的信子
正端坐在她身体里微笑着

当女人初尝手指的神奇

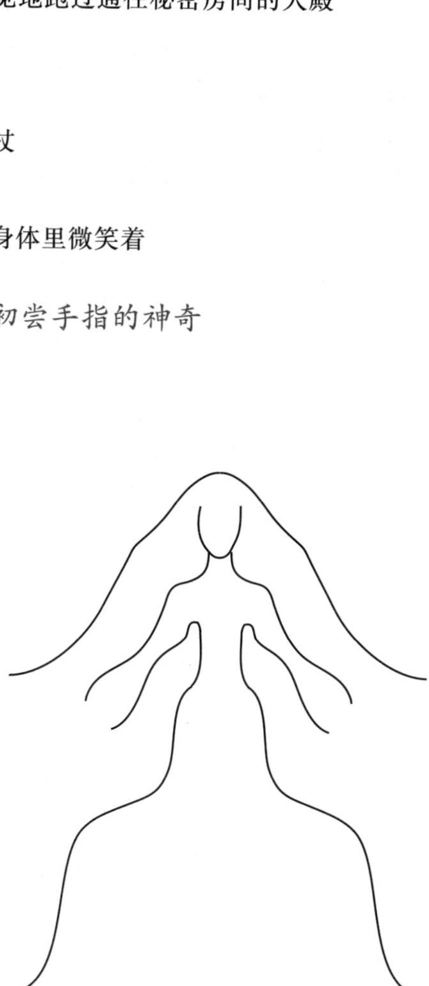

我不再
将我自己的路
与他人做比较

☼ 我不再伤害自己了

我是所有先人聚在一起的产物
我将把他们的故事继续讲述

很多人想要抓住我
却都失败了
我是鬼魅幽灵
能够无处不在、来去无踪
我是魔术戏法
令人眼花缭乱、看不真切
我是重重世界包裹中的
一个世界
我的褶皱里有日月星辰
你可以试试
但你永远别想抓住我

出生这天
母亲对我说
你的身体里住着神灵
你能感觉到她在跳舞吗

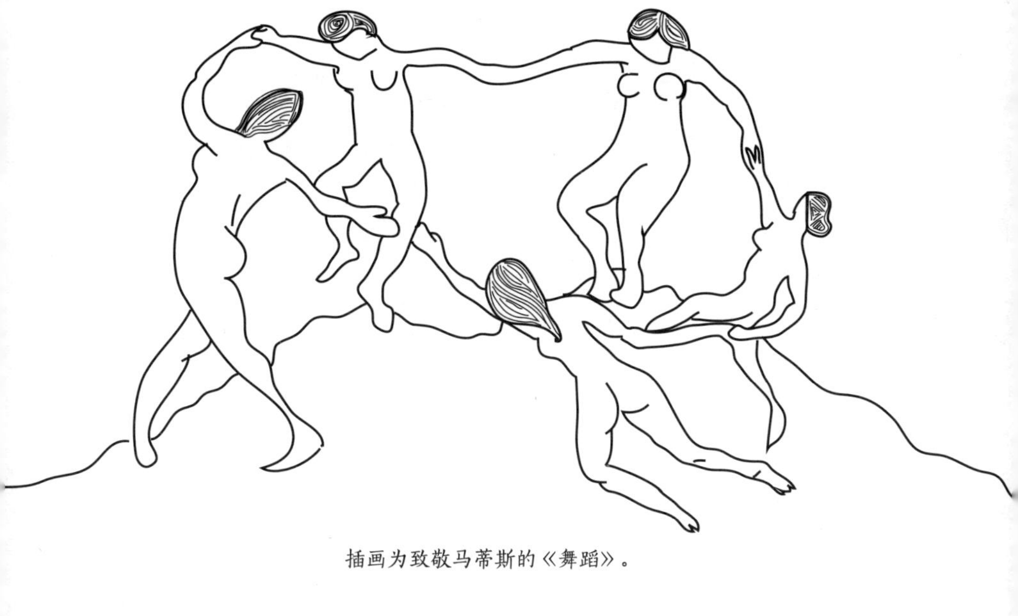

插画为致敬马蒂斯的《舞蹈》。

身为三个女儿的父亲
催婚对他来说是理所应当的事情
在我们的文化里
女人的故事几百年来都是如此
然而他却让我们读书
因为那会给我们自由
在一个试图掌控我们的世界里
他守护着我们
让我们学会了自立

世上之人如此多
值得你付出的却没几个
不如对少数人真心相待
施以高情厚谊

善待对的人

我来自尘土
又将回归尘土
生与死是老相识
我是他们的谈资
我是他们的欢笑
我是他们的泪水
我是他们给彼此的礼物
若果真如此
那还有什么可畏惧的呢
本来这世间也不属于我
我只属于生与死

去恨
是件再容易不过的事
而去爱
却很花气力
人人都可以
却并非人人都愿意
练习去爱

漂亮的棕色皮肤姑娘
你浓密的头发好似貂皮大衣
令人艳羡不已
漂亮的棕色皮肤姑娘
你不喜欢显得太黑
但你的皮肤总是像磁石一样
吸收着阳光
一字眉——两个世界间的桥梁
阴道——比你身上其他部位颜色还要深
因为它正守护着一座金矿
你会早早地就有黑眼圈
——全拜那些光环所赐
漂亮的棕色皮肤姑娘
你把神灵从他们肚子里拉了出来

低头看看你的身体
悄悄告诉它
“你是世上最好的家”

☼ 感恩

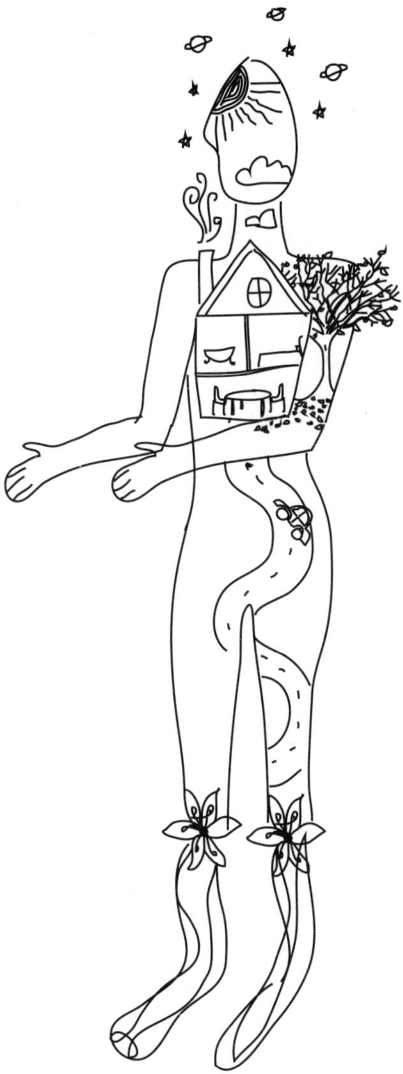

学着不嫉妒
别人的幸福
是一种风度 ☼

我是家族中第一个能自由选择的女性。未来的道路全由自己。想到什么就说什么。不必遭受鞭刑。我要感恩的“第一个”还有很多。我的母亲、她的母亲还有她的母亲的母亲，从未有过这样的权利。我是何其幸运。我是家族中第一个能够品尝到自身欲望的女性。难怪我总在渴求着填满自己的生命。那是因为我背负着好几代人饥肠辘辘的肚皮。祖母们一定会笑得开怀。她们会在天国蜷缩着围在泥炉旁边，喝着热气腾腾的印度奶茶。在她们看来，我这样放荡不羁的生活，该是多么离经叛道。

插画为致敬阿姆里塔·谢尔·吉尔的《乡村景象》。

信任你的身体
它明辨是非的能力
胜过你的头脑

☼ 它在对你说

我站在
之前倒下的
那成千上万女性身上
思索着
我要怎么做
才能让这座山峰更高
好使得后来者
看得更远

☼ 遗产

当我离开时
请以花环装饰门廊
亲爱的，像举行一场婚礼
将人们从他们家里唤出
一起在街上跳舞
当死神来临
如同站在甬道那头的新娘
给我穿上最美的衣服，与我道别
将玫瑰花瓣冰激凌献给宾客们
没什么好哭泣的，亲爱的
我已用尽了一生去等待
被这样的美人儿带走
当我离开时
要开心地庆祝
我曾来过这世上
我曾活过
我在这叫作“人生”的游戏中
赢得了胜利

葬礼

我不再在他人那里寻找一个家
而是巩固自己家的根基
我发现没有比
身心灵的统一
更加稳固的根系

我有什么好
若我不将
那些喂饱我的人的盘子装满
而是装满陌生人的杯盘

☼ 家庭

就算它们被分开
也终将再次相聚
爱人们总是难分难离
无论我如何努力
对它们拔啊拽啊
我的两条眉毛总是
能找出回到彼此身边的途径

☼ 一字眉

一个孩子和一位长者对坐在桌子的两侧
两人面前摆着牛奶和茶
长者问孩子
是否喜欢她所过的日子
孩子回答说喜欢
日子过得很快乐，可是
她等不及想要长大
去做长大了才能做的事情
然后孩子问了长者同样的问题
他也回答说日子过得很不错
然而他愿意不惜一切回到曾经
可以行动和梦想的时光中去
他们都从面前的杯子里喝了一小口
孩子的牛奶凝结了
长者的茶变苦了
他们的眼里都有泪水流下

当你拥有一切
我唯愿你记得
一无所有的日子

她不是那种不三不四的人
或者你周五晚上
想要的消遣
她不穷困、不好欺也不软弱

☼ 父亲的问题不是儿戏

我真的好想做一片睡莲叶子 ☼

我做了一次次改变
只为了变得完美
可当我终于觉得足够美丽
他们却突然改变了
对美丽的定义

会不会压根就没有终点
在千方百计的尝试中
我追求着那虚无善变的美丽
却失去了与生俱来的优势

☼ 他们贩卖的谎言

你们想遮掩
血和奶
装作子宫和乳房
从未养育过你们

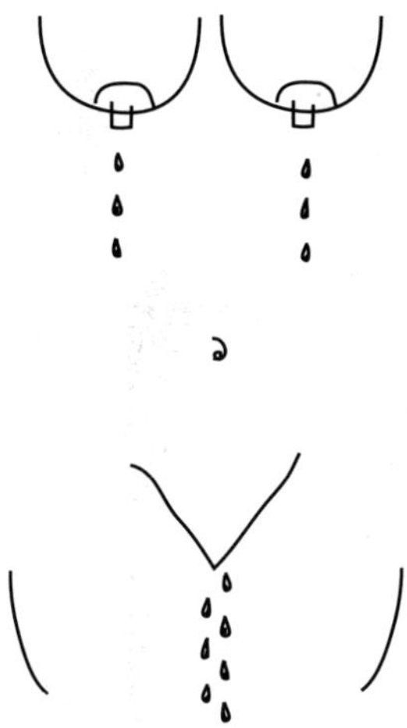

假如我们相信自己已经足够美丽
那一个价值万亿的产业将会倒闭

他们认为的美
是人造的
而我不是

☼ 人类

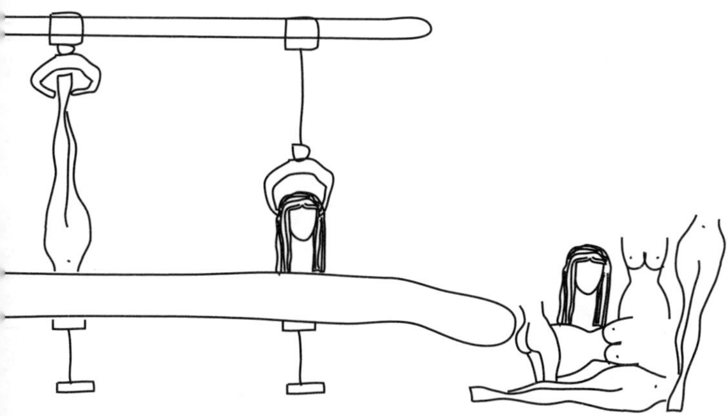

我要怎么摆脱嫉妒
当我看到你如此出色
姐妹啊，我要怎么自尊自爱
才能懂得你的成就不等于我的失败

☼ 我们不是彼此的对手

大地色的皮肤
是一种恩宠
你可知道花儿常常
把我误认作它们的家园

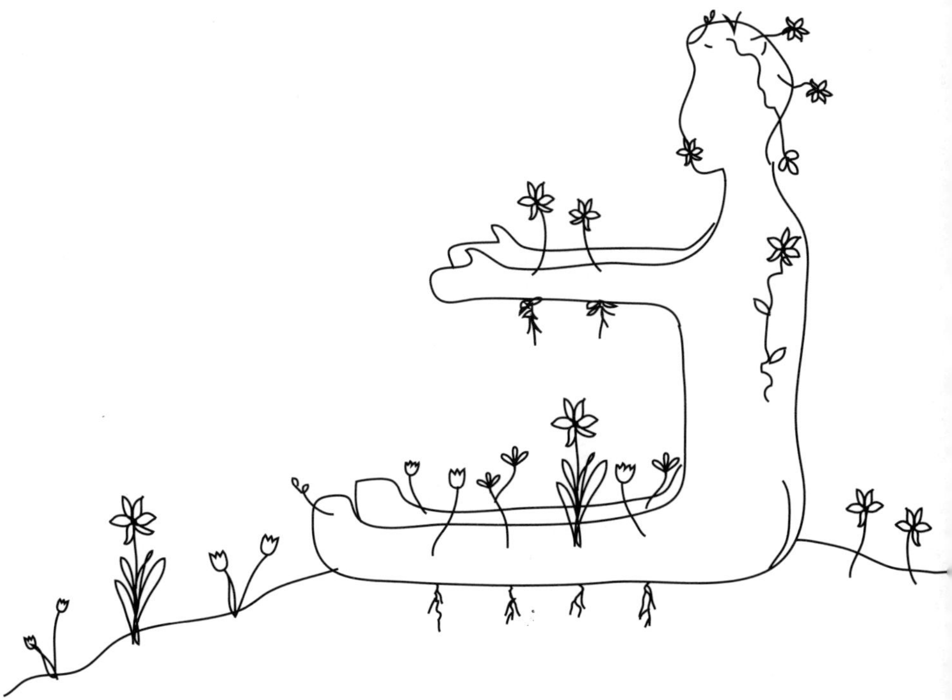

我们需要更多的爱
不是从男人那里
而是从自身
以及我们彼此

☼ 药品

你是一面镜子
如果你继续漠视自己
你将只会遇见同样漠视你的人
如果你全心沉浸到爱里
宇宙将会为你献上
那些同样爱你的人

☼ 简单的数学原理

她身上
穿多
穿少
与她有多随便无关

☼ 遮 / 不遮

在我们脚下
有山峦生长
势不可挡
我们所忍受过的一切
为我们准备好了这些
带上你的锤子
挥起你的拳头
将这玻璃天花板砸个粉碎

☼ 让我们拿掉天花板

不是血缘让你成为我的姐妹
而是你能懂得我的心
就如同这颗心是
跳动在你的体内

从一开始
她原本已经拥有了她所需要的一切
世界却让她以为自己没有

☼“对一个女人来说最宝贵的教训是什么？”

他们告诉我
过不了几年
就会有更年轻的姑娘取代我
岁月让男人愈发沉稳有力
却让女人越来越无足轻重
他们这是在撒谎
我的好日子才刚刚开始呢
我觉得自己才离开了子宫
我的二十岁不过是个热身
接下来我要大干一场
等着瞧我的三十岁吧
那会儿你将见到一个
放荡不羁的我
我可不能在狂欢开始前缺席
四十岁只是彩排而已
我随着年龄而成熟
这可不存在什么保质期
五十岁的幕布刚刚拉开
而现在
好戏即将上演

常青

若要治愈
你须得
从受伤的根系开始
由下到上将它吻遍

他们把我们扔进深坑自相残杀
这样他们就不必等待太久
我们必须吃掉对方才能存活
朝上看哪，看哪，看哪
他们正在低头看我们呢
我们为何还在相互厮杀
真正的怪物太大了
我们根本没法独自扳倒它

若我肚子里有个女儿
我会和她说话
好似她已经改变了世界
她会从我身体里踏着一条红毯走出来
无论她想要做什么
她都已经对所需的知识
了然于胸

插画为致敬雷蒙德·杜雷特的《游历与告别》。

现在
可不是
安安静静的时刻
也没法给你一个房间
我们一直都没有房间
现在
我们可以
吵吵闹闹
想怎么大声
就怎么大声

表现
是至关重要的
被蛾子包围的蝴蝶
看不清它自己
就会一直想要做一只飞蛾

☼ 表现

接受赞美吧
不需要回避
原本就属于你的东西 ☼

我们的工作
应该能令下一代的女性
在各个方面都比我们更为出色
这是我们将要留下的宝贵财富

☼ 进步

改变世界的道路
永无止境

☼ 保持步调

保护你比什么都重要
我是那么爱你
怎能在你哭泣时袖手旁观
让我吻出你身体里的毒液
我会拖动疲惫的双腿
日夜兼程
一手握住明天
一手捏成拳头
我要带你奔向自由

给世界的情书

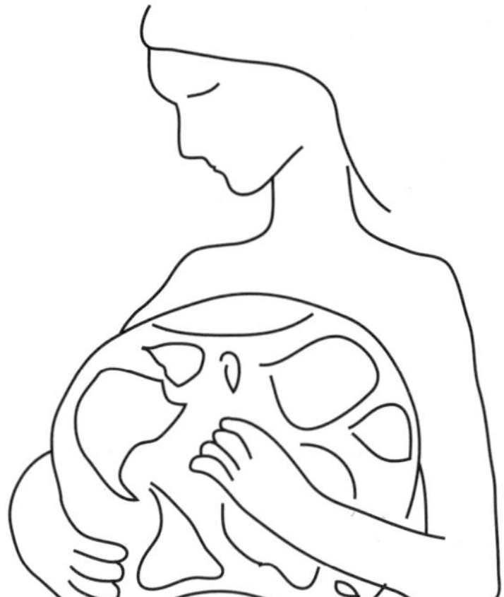

你可曾见过像我一样的野兽
我有桑树的刺
向日葵的脖子
有时我是荒漠
有时又是雨林
但总归是无人之境
我的肚子在裤腰带上鼓出
我的头发一缕缕卷曲
我花了很长一段时间才变成
这样一个甜美的反叛者
过去我曾拒绝浇灌我的根系
直到我懂得
如果我是唯一能够成为荒野的人
那就让我成为荒野吧
树桩不能成为树枝
丛林不能成为花园
那我又何必强求自己

☼ 我的内在如此充实

很多人试过
却总分不清
万寿菊和我皮肤的颜色
两者都是一种橘色的太阳
让那些还没学会热爱光明的人
眼盲

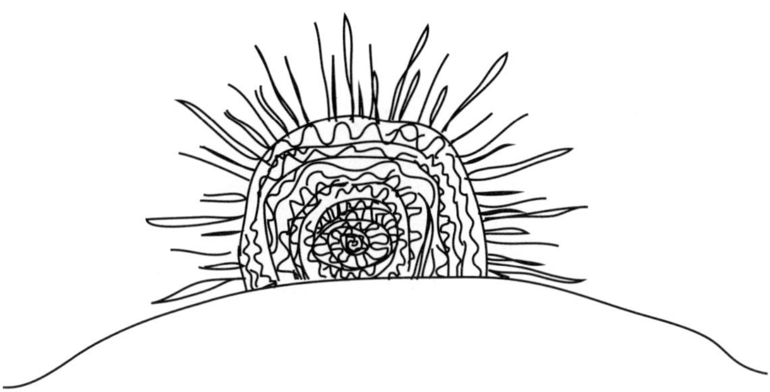

若你从未
与被压迫者站在一起
现在还不晚

☀ 支持他们

这一年结束了。在起居室的地毯上，我把过去的三百六十五天摊开在自己面前。

某一月，我决定不再理会与梦想无关的一切事情。某一天，我决定不再做顾影自怜的受害者。某一周，我睡在花园里。春天里，我打消了自我怀疑。收起了你的善意。取下了日历。有一周我跳舞跳得太疯狂，我的心又重新学会了漂浮在水上。夏天里，我拿掉了墙上所有的镜子。不再需要照见镜子里的自我，来感知自己的存在。我梳理头发，也理清了思绪。

我将好日子收好，装进背袋，仔细保管。点燃火柴。烧掉多余的东西。火光温暖了我的脚趾。我为自己倒了一杯温水，净化自身，迎接新的一年。我来了。更强大、更智慧的一个新我。

没有什么
好担心的
太阳和她那些花儿
都在这儿

后 记

有时候，只是一个简单的呼吸都会让人筋疲力尽。似乎放弃会显得更容易些。一想到消失，就会让你平静。很长一段时间，我迷失在暗无天日的世界里。那里没有花儿生长。但是总会时不时地，在黑暗之外，我所热爱的事物出现了，我又活了过来。看见群星闪耀的星空。与老友开怀大笑的轻松。一个告诉我，我的诗歌拯救了他的生活的读者。我何尝不是在努力拯救着自己的生活。亲爱的。生活总是艰难的。对每个人都是如此。有时候，生活给人感觉就好像是在一个针眼里爬行。我们必须克制住向不好的回忆屈服的冲动。克制住向糟糕的年月卑躬屈膝。我们的双眼迫不及待地想要看看世界。这世上有那么多美丽至极的水域等待着我们去潜入。家人。无论是血缘还是后天选择。坠入爱河的可能性。无论是与人还是与一个地方。如月亮般高的山峦。裹挟入新世界的山谷。公路旅行。我还发现了很重要的一点：必须承认，我们不是世界的主人。我们只是过客。作为过客，就让我们享受这个世界，如同漫步在一座花园。让我们以温柔的双手待她。这样后来者依旧能去体验她。让我们找到自己的暖阳。种下我们自己的花朵。宇宙已经为我们送来了阳光和种子。我们也许不能时时听见，但那乐声却一直都在。它只是需要被放得再大声一点。而只要我们的肺里还有气息——我们就不能停下舞步。

关于本书

《在爱的废墟上》是一本诗集，内容涵盖了：

悲伤

自弃

寻根

爱

赋予自己力量

该书分为五章：

枯萎、坠落、生根、发芽、绽放。

图书在版编目（CIP）数据

在爱的废墟上 /（加）露比·考尔著；程婧波译
.-- 上海：上海文艺出版社，2020.8
（读客外国小说文库）
ISBN 978-7-5321-7676-2

Ⅰ.①在… Ⅱ.①露… ②程… Ⅲ.①诗集－加拿大
－现代 Ⅳ.① I711.25

中国版本图书馆 CIP 数据核字（2020）第 072671 号

责任编辑：毛静彦
特邀编辑：武姗姗　叶　子
封面设计：苏　哲
封面插画：露比·考尔
内文插画：露比·考尔

在爱的废墟上
（加拿大）露比·考尔　著
程婧波　译
上海文艺出版社出版、发行
地址：上海绍兴路7号
电子信箱：cslcm@publicl.sta.net.cn
网址：www.slcm.com
新華書店经销　三河市龙大印装有限公司印刷
开本 880毫米×1230毫米　1/32　8印张　字数 29千字
2020年8月第1版　2020年8月第1次印刷
ISBN 978-7-5321-7676-2/I.6105
定价：42.00元